GEORGE ORWELL was born Eric Arthur Blair on 25 June 1903 in eastern India, the son of a British colonial civil servant. He was educated in England and, after he left Eton, joined the Indian Imperial Police in Burma, then a British colony. He resigned in 1927 and decided to become a writer. In 1928, he moved to Paris where lack of success as a writer forced him into a series of menial jobs. He described his experiences in his first book, *Down and Out in Paris and London,* published in 1933. He took the name George Orwell shortly before its publication. This was followed by his first novel, *Burmese Days*, in 1934.

An anarchist in the late 1920s, by the 1930s he had begun to consider himself a socialist. In 1936, he was commissioned to write an account of poverty among unemployed miners in northern England, which resulted in *The Road to Wigan Pier* (1937). Late in 1936, Orwell travelled to Spain to fight for the Republicans against Franco's Nationalists. He was forced to flee in fear of his life from Soviet-backed communists who were suppressing revolutionary socialist dissenters. The experience turned him into a lifelong anti-Stalinist. Between 1941 and 1943, Orwell worked on propaganda for the BBC. In 1943, he became literary editor of the *Tribune*, a weekly left-wing magazine. By now he was a prolific journalist, writing articles, reviews and books.

In 1945, *Animal Farm* was published. A political fable set in a farmyard but based on Stalin's betrayal of the Russian Revolution, it made Orwell's name and ensured he was financially comfortable for the first time in his life. Written on the island of Jura, *Nineteen Eighty-Four* was published four years later. Set in an imaginary totalitarian future, the book made a deep impression, with its title and many phrases – such as 'Big Brother is watching you', 'newspeak' and 'doublethink' – entering popular use. By now Orwell's health was deteriorating and he died of tuberculosis on 21 January 1950.

THOMAS CLARK is a writer, poet and translator who works principally in the Scots language. His previous works in Scots include award-winning translations of Jeff Kinney's *Diary of a Wimpy Kid* series and Lemony Snicket's *A Series of Unfortunate Events*, and his poetry collection *Intae the Snaw*. He is co-founder and co-editor of Scots language literary magazine *Eemis Stane*. He lives in Lanarkshire.

Animal Fairm

GEORGE ORWELL

Translatit intae Scots by
THOMAS CLARK

wi illustrations by
BOB DEWAR

Luath Press Limited
EDINBURGH
www.luath.co.uk

First published as *Animal Farm: a fairy story*
by Secker and Warburg Ltd., London 1945
Scots translation first published 2023

ISBN: 978-1-80425-051-8

The publisher acknowledges receipt of the Scottish Government's Scots
Language Publication Grant towards this publication.

Scottish Government
Riaghaltas na h-Alba
gov.scot

The translator's right to be identified as translator of this book
under the Copyright, Designs and Patents Act 1988 has been asserted.

Printed and bound by
CPI Antony Rowe, Chippenham

Typeset in 10.5 point Sabon LT Pro by
Main Point Books, Edinburgh

For Sara

Owersetter's Note

WAN THING THE Scots language disnae strauchle for is the vocabulary o field an fairm, sae ah trou the reader'll no find awfie muckle in these pages tae caw the legs oot frae unner them.

Owersettin intae Scots, if ye'll allou me sae muckle, is a high-wire act. On wan haun, the Scylla o inauthenticity. On the ither, the Charybdis o indistinctiveness. Whether yer prose is ower similar tae the English or ower different, ye'll get pulled up for it aw the same. Sae ah've ettled, faur as ah could, tae taik doon the narrae strait o accessibility. The reader'll be the best judge o if an whaur ah've ran agroond.

The scrievins an spellins are ma ain norrie, gie or tak, o whit a Staundart Scots wid luik like, if we'd the luxury o sic a thing. Like maist sic hamebrew solutions, it's a mixter-maxter o wirkaroonds, sleekit dodges, fly hauf-jouks an better things pauchled aff o better fowk. It's no a medicine ah'd prescribe for onybody else, but, like ma singin, it's guid eneuch tae please masel at least.

There's a hale buik tae be scrieved aboot the strauchle taewards a Staundart Scots, but ye'll no catch me scrievin it. Whit ah will say is this – we're at a place in oor development as a linguistic community whaur ilka Scots quair has tae, *has tae*, assume the responsibility o teachin its readers how tae read it.

Thon's the buik ah've ettled tae scrieve, an gin ah've gaed agley, no aw the owersetter's notes in aw the warld will set thon richt.

Ah wis hauf-an-hauf aboot localisin the settin mair specifically tae Scotland. Thon wid nae dout hae meant invitin ben tae the text a thrang o neologisms, coinages an oot-an-oot eccentricities, an makkit me a guid bit mair like Squealer wi his editorial pent-brush in the howdumdeid o nicht than ah'm content tae think masel. Onywey, Orwell's pynt wis siccarly that it could aw happen onywhaur, an in case ye hadnae noticed, it has.

As aye, the odd wird here an there has accumulatit a shrood o stour ower the years. Whaur the context disnae inform, the Dictionars o the Scots Leid at www.dsl.ac.uk will, ah howp.

Thomas Clark
October 2022

Animal Fairm
An Introduction

A BRIEF INTRODUCTION tae *Animal Fairm*, the publisher says. Nae pressure, the publisher says. Weel. Here we gang.

Tae the decades o thocht an threap that hae accumulatit around yin o the maist kenspeckle buiks tae be furthset in this or ony ither leid, ah've no awfie muckle tae profitably add. Ah mean, ye're no comin tae the thing fresh, are ye, an ye'll hae yer ain ideas aboot wha, in this political moment, oor Napoleons are, wha oor Snawbaws, wha oor Squealers. If it feels like there's no a lot mair tae be said aboot *Animal Fairm*, it's shairly acause its relevance tae oor particular cultural and political moment is a simple maitter o record. Frae the instant o its first publication aw but seeventy year syne, *Animal Fairm*, in mony weys, has come tae be oor socio-political urtext – oor wan-singer-wan-sang, oor collective pairty piece, the script we're doomed tae keep repeatin.

Noo, ah dinnae say thon blythely. Ah ken that the Soviet Union George Orwell wis scrievin aboot in his tale o revolution gaun wrang wis a warld awa frae oor ain experience – weel, for maist o us, onywey. But let's gie the man some credit for intelligence, eh. George Orwell wisnae scrievin jist tae warn us aff totalitarianism. He wis scrievin tae warn us aboot something that precedes even democracy, the enablin condition for aw we are or howp tae be. Oor language.

Cause whit shocks us aboot *Animal Fairm* tae this verra day isnae the fact o Napoleon's dictatorship, or the dreidfu ends tae which it leads. Wha, in the wrack o post-war Europe, could still lat on tae ignorance o the cruelty an corruption o the pouerful? Even noo, ye cannae walk the length o yersel without fawin ower some wid-be Napoleon in oor culture or in the warld it purports tae represent, some hauf-bricht brute whase political USP is a total misregaird for personal integrity or moral norms. Na, it's no whit Napoleon an his cronies get up tae that stoonds us noo. It's the wey they gang aboot it. Pooder an cudgel – aye, baith hae their place on Napoleon's fairm. But the preferred weapon o the rulin cless isnae maucht. It's wirds.

Whit sets Napoleon an his pigs aff frae the lave, in baith the first an the final instance, is that they can scrieve, read, interpret an – in the end – revise. The oral traditions o the ither animals, their sangs an stories, are nae match for the divine mutability o the written wird. Through their dour, stieve thrapple-haud on the language o the fairm, the pigs win authorship an haudin-in-hale o past, present an future.

The pen is michtier than the swuird? Kind o, but no really. Whit Orwell wis flaggin up wisnae the strength o language, but its weakness – the ease wi which its fundaments can be sweepit awa, like Napoleon's windmill, by ony shouer o gangsters wi lowders an some dynamite. Language, tae Orwell, wisnae some staunin moniment, an impregnable peel-touer against the teemin hordes. It wis, an is, a fragile thing, tae be biggit, an rebiggit, an defendit at aw costs.

We ken weel whit Orwell thocht, in this context, o the ettlin o translation. The lengths the mannie went tae in makkin siccar his wark wis available tae awbody that had a mind tae read it are proverbial. A chiel that never had muckle siller himsel, he nanetheless gied awa the owersettin richts tae his buiks haun-ower-fist, especially in airts an pairts whaur the buik's message wis maist vital – likesay, Ukraine. Sae ah like tae think this belatit addition tae the shelf o owersettins willnae set the chiel's body spinnin in its grave.

Mind, whit Orwell wis fashed aboot as faur as owersettin gangs wis makkin siccar as mony fowk could read his wirk as possible. Gien the mutual intelligibility o Scots an English, an the cultural hegemony o the latter in aw oor affairs o state an states o affairs, it's no easy tae mak the case that a Scots owersettin o *Animal Fairm* can add sae muckle as a single new reader tae its constituency. Gin ye're owersettin Orwell intae Scots, ye're gonnae want a better reason than braider accessibility.

Weel, ah can think o a couple. But ah'll stick tae the wan that wid hae interestit Orwell maist – the replenishment o language.

The Newspeak and Doublethink o *Nineteen Eichty-Fower* are Orwell's maist vieve expositions o the uises an abuises o language – the wey the wirds we scrieve, spik an hear chynge the wey we think – but his wirks are littered wi wirries aboot the currency o a common tongue, the wey that clichés, evasions an flat-oot lies devalue a language jist as siccar as a wash o fake fivers wid bring doon the poond.

Cause a ten poond note, o coorse, isnae wirth hee-haw on its ain. Aw a tenner represents is a promise, a literal promise, atween the bearer and the gier tae act as if this bit o paper is wirth somethin – an act o purest faith.

Language is nae different. Implicit in the verra act o speech is a commitment tae truth. Deceptions and prevarications widnae wirk if we didnae aw assume that, when a body says suhin, they really believe it. Wance the fake bawbees ootnummer the real wans, wance there's mair lies oot there than truths, the system isnae jist compromised. It's gubbed awthegither.

Whit Orwell telt us wid happen has happened, near eneuch. Somewhaur alang the wey, it's stapped bein the responsibility o public bodies an politicians tae mak siccar they're no passin their citizens faulty guids. The assumption is noo that when a chiel in a rosette opens his mooth an spills intae yer lap a torrent o gee-gaws and buttons and flattened-oot buckshot, it's up tae yersel tae gang rakin through the hale thing, airtin oot the ane guid penny. The influx o bad money intae the system has rendered language – or the English language, onywey – jist aboot wirthless.

Noo, dinnae get me wrang – the English language is a cause wirth fechtin for. How muckle o oor shared culture gangs doon wi the ship if English, as it's threitenin tae, becomes the *lingua franca* o commerce an cliché. But for aw that, we'd better hae oor lifeboats ready for if warst comes tae warst, an Scots is shairly wan o them.

Orwell had mixed, or at least rapidly evolvin, feelins aboot Scotland. Richt eneuch, ye've no tae luik awfie faur in his non-fiction for sneisty references tae the place. Then again, he spent maist o the last years o his life here, scrievin mebbes the maist important novel o the twintiet century. In 1945, his *Notes on Nationalism* dings doon 'Lowland Scots' as a nationalist totem; but by 1947, ye could find him in the *Tribune* sympathetically proponin that 'Scotland is almost an occupied country. You have an English or anglicised upper class, and a Scottish working class which speaks with a markedly different accent, or even, part of the time, in a different language...' On wan haun this, on the ither haun that. We can gang roond and roond the hooses, but if whit we're wantin is jist tae plant a saltire on the man's heid an claim him for Strathclyde, we're oot o luck.

Weel, guid. Apairt frae onythin else, Orwell wis nae

nationalist. A professional gaberlunzie an itinerant wanderer, he wisnae wan for sentimental attachments, for hingin ontae things he couldnae uise. Life on an island alloued nae room for non-essentials. An yet, on the shelves o buiks he owned in Jura, we find – a Gaelic dictionary. Whit guid wis sic a thing tae a deein man bidin alane on the remotest ootskirts o his ain life? Whit did Orwell see in thon kist o wirds? In *Animal Fairm* an *Nineteen Eichty-Fower*, Orwell foretelt the deith o English. Wid his next novel hae jaloused at whit wis tae replace it?

Chaipter 1

MR JONES, o the Manor Fairm, had sneckit the hen-hooses for the nicht, but wis ower fou tae mind tae shut the pop-holes. Wi the rim o licht frae his lantren dancin frae side tae side, he swavered across the yaird, drew himsel a last gless o beer frae the barrel in the scullery, and stottert up tae bed, whaur Mrs Jones wis awready snorin.

As suin as the licht in the bedroom went oot there wis a rowstin and a flauchterin aw through the steidins o the fairm. Wird had got roond throughoot the day that auld Major, the prize Middle White boar, had had an unco dream the nicht afore and wantit tae lat licht o it tae the ither animals. It had been agreed that they should aw meet in the muckle barn as suin as Mr Jones wis safe and siccar oot the road. Auld Major (he wis ayeweys cawed thon, though the name he'd been exhíbitit unner wis Willingdon Beauty) wis that weel thocht o on the fairm that awbody wis redd tae loss an oor's sleep jist tae hear whit he had tae say.

At yin end o the muckle barn, on a kind o heezed platform, Major wis awready stanced, unner a lantren that hung frae a bauk. He wis twal years auld and had been gettin muckle-boukit this past wee while, but he wis still a stately-luikin pig, wi a wyce and benevolent appearance in spite o the fact his tusks had never been cut. Afore lang the ither animals began

tae arrive and get theirsels tosie in their sindry weys. First came
the three dugs, Bluebell, Jessie and Pincher, and then the pigs,
wha cooried doon in the strae richt in front o the platform. The
hens ruistit theirsels on the windae-sills, the doos flauchtert up
tae the bauks, the sheep and coos lay doon ahint the pigs and
stairtit tae chaw the cud. The twa cairt-horses, Boxer and Clover,
came in thegither, daunderin awfie slow and settin doon their
birsie, bausie huifs wi great tent for fear that some wee animal
micht be happit in the strae. Clover wis a stoot mitherly mare
comin up on the middle o her years, whase figur had never quite
mendit frae the birth o her fowert foal. Boxer wis an undeemous
beast, nearlins eighteen hauns hie, and as strang as ony twa ither
horses pit thegither. A white streak rinnin doon his neb makkit
him look a wee bit dippit, and in aw trowth he wisnae exactly
the shairpest ye'd ever meet, but he wis respectit by aw for his
evenliness o chairacter and by-ordinar pouers o wark. Efter the
horses came Muriel, the white goat, and Benjamin, the cuddie.
Benjamin wis the auldest animal on the fairm, and the maist ill-
naiturt forby. He rarely opened his mooth, and when he did, it
wis like as no tae mak some sneistery remairk – likesay, he wad
say that God had gien him a tail tae keep the midges aff, but
that he'd suiner hae had nae tail and nae midges. Alane amang
the animals o the fairm he never lauched. Speir him how, and
he'd tell ye he didnae see that there wis ocht tae lauch aboot.
Nanetheless, though he'd never hae lat on tae onybody, he wis
stainch tae Boxer; the twa o them usually spent their Sundays
thegither in the wee loanin ayont the orchart, grazin sidey for
sidey and never speakin.

The twa horses had jist laid doon when a clatch o babbie
deuks that had lost their mither filed intae the barn, wheetlin
peelie-wallie and govin frae side tae side tae airt oot some place
whaur they'd no get treadit on. Clover biggit a kind o waw

aroond them wi her muckle foreleg, and the babbie deuks hiddelt doon ahint it and fell straicht tae sleep. At the last meenit Mollie, the gowkit, bonnie white mare that drew Mr Jones's cairriage, came brankin preek-ma-denty in, chowin on a lump o sugar. She fund a place near the front and stairtit flinderin her white mane, howpin tae draw attention tae the reid ribbons it wis pleatit wi. Last o aw came the cat, wha keekit roond, as usual, for the wairmest place, and at lang and last stowed hersel in atween Boxer and Clover; there she curmurred cantily aw throughoot Major's speech withoot takkin tent o a wird that he wis sayin.

Aw the animals were there noo, ceptin Moses, the tame corbie, wha sleepit on a spar ahint the back door. When Major saw that they had aw got theirsels comfy, he cleared his thrapple and stairtit:

'Ma feres, ye hae awready heard aboot the unco dream ah had the ither nicht. But ah'll come back tae thon dream efter. There's somethin else ah want tae say first. Ah dinnae think, ma feres, that ah'll be wi ye for mony muins mair, and afore ah dee, it behuives me tae pass on sic wyceheid as is mine tae gie. Ah hae líved a lang life – muckle the time ah hae had for thocht as ah lay alane in ma staw – and ah ween that ah can say that ah unnerstaun the naitur o life on this yird as weel as ony animal yet abuin the muild. It is aboot thon ah bid tae speak tae ye.

'Noo, ma feres, whit is the naitur o this life o oors? We needna pit on: oor lifes are míserable, forfochten and short. We are born, we are gien jist sae muckle scran as will keep body and soul thegither, and thon o us that are able tae are garred tae wirk tae the last dottle o oor maucht; and the verra meenit we cease tae be usefu we are slauchtered wi uggsome cruelty. Nae animal in England kens the meanin o happiness or leisure efter he is a year auld. Nae animal in England is free. The life o an animal is mísery and thirldom: this we aw ken.

'But is this no jist the wey o the warld? Is this laund o oors sae scabbit that it cannae fend furth a decent life for aw o them that bide on it? Naw, ma feres, a thoosand times naw! The sile o England is growthie, its climate is guid, it is capable o providin feed in fouth tae a faur, faur greater nummer o animals than stey here noo. Jist this tane fairm o oors could uphaud a dizzen horses, twinty coos, sheep in their hunners – and aw o them bidin in an easedom and a dígnity ayont, awmaist, oor ferlie-faur imaginins. Sae whit for dae we aye haud forrit wi this míserable dree? Acause nearlins the hale o the produce o oor darg is pauchelt frae us by the humans. There, ma feres, is the answer tae aw oor problems. Ah gie it tae ye in but a single wird – Man. Man is the anely real enemy we hae. Tak Man frae oot the pictur, and the springheid o aw hunger and haird-yoke is ower-cowped for guid.

'Man is the anely craitur that consumes withoot producin. He gies nae milk, he lays nae eggs, he is ower shilpit tae draw the pleuch, he is ower slow tae cleek the kinnens. Still and on, he is laird o aw the animals. He pits them tae wark, he gies back tae them the bare mínimum that will keep them frae stairvin, and the lave he taks for himsel. Oor darg tills the sile, oor shairn fertilises it, and aye there is no yin o us possesses ocht but his ain puir hide. You coos that ah see afore me, how mony thoosands o gallons o milk hae ye gied this past year? And whit has come o that milk that should hae been breedin up brosie caufs? Ilka drap o it has gaed doon the thrapples o oor enemies. And you hens, how mony eggs hae ye laid this past year, and how mony o thae eggs ever cleckit intae chookies? The lave hae aw gaed tae mairket tae bring in siller for Jones and his men. And you, Clover, whaur are thae fower foals ye buir, that should hae been the coggins and blytheness o yer auld age? Ilka ane, selled at a year auld – ye will never see ony o them again. In yield for fower

in-lyins and aw yer yokin in the fauld, whit hae ye ever haed but yer scrimpit raitions and a staw?

'And even the unhertsome lifes we thole are no lat lea tae rax their naitural span. Masel, ah cannae peenge – ah've been wan o the seilie wans. Ah'm twal years auld, and hae begat mair as fower hunner bairns. Sic is for ordinar the life o a pig. But nae animal can win frae the ill-kyndit knife in the end. Youse youthfu grumphies that are hunkert doon in front o me, ilka yin o ye will screich yer lifes oot upon the block afore the year is oot. Tae thon horror we maun aw come – coos, pigs, hens, sheep, awbody. Even the horses and the dugs will dree nae better weird. You, Boxer, the verra day that yon muckle maucht o yours begins tae dwyne, Jones will sell ye tae the knacker, wha'll gullie yer thrapple and bile ye doon for the tod-hoonds. As for the dugs, aince they growe bauchelt and gumsy, Jones ties a brick aroond their necks and droons them in the dub nearhaun.

'Is it no plain as parritch, then, ma feres, that aw the ills o this life o oors spang frae the tyranny o human fowk? Get shot o Man, and the produce o oor darg wad be oor ain. Aw at aince, we could be weel-aff and free. Whit then maun we dae? Weel-ah-wat, wirk nicht and day, body and soul, for the dingin doon o the human race! Sic are ma wysins tae you, ma feres: Rebellion! Ah dinnae ken when thon Rebellion will come, aiblins a week, aiblins a hunner years, but ah ken, shair as see this strae aneath ma feet, that suin or syne juistice will be duin. Mak siccar yer een on that, ma feres, throughoot the snippit efterins o yer lifes! And aye and aye, pass on these wysins o mine tae them that come efter ye, that futur generations micht tak up oor fecht until we beir the gree.

'Hae mind o it, ma feres; micht yer smeddum never swither. Lat nae threap guide ye agley. Tak nae tent when they gie oot that Man and the animals are aw in the yin boat, and that the thrivin o the yin is the thrivin o the ithers. It is aw havers. Man forders the interests o nae craitur ceptin himsel. And amang us animals lat there be faut-free union, faut-free britherhood in the strauchle. Aw men are enemies. Aw animals are feres.'

Jist at that, there wis a by-ordinar stramash. While Major wis speakin fower muckle rattons had snuved oot o their holes and were sat up on their hind-ends, listenin tae him. The dugs had suddenly got a swatch at them, and it wis anely by a gleg skelp tae their holes that the rattons won aff wi their lifes. Major heezed his cluit for wheesht.

'Ma feres,' he said, 'here is a pynt that maun be decidit. The wild craiturs, sic as rattons and kinnens – are they oor freends or oor faes? Lat us pit it tae the vote. Ah propone this spierin tae the gaitherin: Are rattons oor feres?'

The vote wis taen at yinst, and it wis gree'd by the mony o them that rattons were feres. Anely

fower differed frae the feck, the three dugs and
the cat, wha efterhaun it turnt oot had votit for
baith sides. Major went on:

'Ah've said ma piece. But ah tell yese aince
again, mind aye yer duty o enmity taewards
Man and aw his weys. Whitever gangs upon
twa shanks is an enemy. Whitever gangs upon
fower shanks, or has wings, is a freend. And mind
forby that in fechtin against Man, we maun never come tae
resemmle him. Even aince ye hae owercome him, dinnae stoop
tae his vices. Nae animal maun ever bide in a hoose, or sleep in a
bed, or weir claes, or tak a drink, or smoke baccy, or haud siller,
or tak pairt in tred. Aw the customs o Man bode ill. And, abuin
aw, nae animal maun ever seek lairdship ower his ain kin. Shilpit
or strang, sleekit or simple, we are aw brithers. Nae animal maun
ever kill ony ither animal. Aw animals are equal.

'And noo, ma feres, ah will tell ye aboot ma dream o last
nicht. Ah cannae describe thon dream tae ye. It wis a dream o
the earth as it will be when Man is nae mair. But it minded me
o somethin that ah had lang forgot. Auld lang syne, when ah
wis anely a wee grumphie, ma mither and the ither sows used
tae croon an auld sang o which they kent anely the tune and the
first three wirds. In ma bairnheid ah had kent thon tune, but it
had lang syne slipped oot ma heid. Last nicht, but, it came back
tae me in ma dream. And whit's mair, the wirds o the sang came
back forby – wirds, ah'm siccar, that were sung by the animals
o times bygane and lost tae aw mindin for generations. Ah will
sing that sang for yese noo, ma feres. Ah am auld and ma vyce
is hairse, but aince ah hae lairnt ye the tune, ye can sing it better
for yersels. It is cried 'Beasts o England'.'

Auld Major cleared his thrapple and stairtit tae sing. Jist as
he'd telt them, his vyce wis hairse, but he crooned weel eneuch,

and it wis a upsteerin tune, hauf-roads atween 'Clementine' and 'La Cucaracha'. The wirds went:

> Beasts o England, beasts o Scotland,
> Beasts o ilka shed and steid,
> Hearken tae ma chancy tidins,
> Gowden eilds that bide aheid.

> Suin or syne the day is comin,
> Ill-set Man lies dingit doon,
> And the growthie grunds o England
> Beasts alane shall range abuin.

> Rings be taen frae oor muzzle,
> Hernesses frae aff oor back,
> Branks and spur shall rust forever,
> Cruelly whips nae mair tae crack.

> Riches mair as minds can jalouse,
> Wheat and baurley, aits and hay,
> Clover, beans, and neeps and tatties,
> Shall be oors upon thon day.

> Bricht will leam the fields o England,
> Purer shall its watters be,
> Safter still shall blaw its souchins
> On the day that sets us free.

> For thon day we aw maun labour,
> Though we dee ere it begin;
> Coos and cuddies, geese and clockers,
> Aw maun darg oor cause tae win.

Beasts o England, beasts o Scotland,
Beasts o ilka shed and steid,
Hearken weel, lat licht these tidins,
Gowden eilds that bide aheid.

The singin o this sang pitched the animals intae a gowsterous
tirrivee. Awmaist afore Major had reached the end, they'd stairtit
singin it for theirsels. Even the maist glaikit o them had awready
liftit the tuin and a wheen o the wirds, and the mair gleg yins, sic
as the pigs and the dugs, had the hale thing aff by hert in nae time
at aw. And then, efter a few fause stairts, the hale fairm burst intae
'Beasts o England' in wan unco vyce. The coos belloched it, the
dugs yowled it, the sheep bleatit it, the deuks quacked it. They
were that taen up wi the sang that they sung it straicht through
five times, wan efter anither, and micht weel hae went on singin
it aw nicht lang if they hadnae been interruptit.

Misfortunately, the hirdie-girdie woke up Mr Jones, wha lowped oot o bed, shair that there wis a tod in the yaird. He sneckit the gun that aye stuid in the corner o his bedroom, and fired aff a chairge o nummer sax shot intae the dairkness. The pellets blaudit themsels intae the waw o the barn and the gaitherin wis endit in a hurry. Awbody skiltert tae his ain sleepin-place. The birds happit up ontae their ruists, the animals plowpit doon intae the strae, and the hale fairm wis asleep in an instant.

Chaipter 2

THREE NICHTS EFTER, auld Major dee'd doucely in his sleep. His body wis buirit at the fit o the orchart.

Thon wis early in Mairch. Throughoot the follaein three months, there wis a fair wheen o secret ongauns. Major's speech had gien the mair mensefu animals on the fairm a new ootlook on life. They didnae ken when the Rebellion weirdit by Major wad come tae pass, they had nae reason at aw tae jalouse that it wad be 'ithin their ain lifetimes, but they saw clearly that it wis their duty tae redd up for it. The wark o teachin and organisin the ithers fell naitural tae the pigs, wha were awnt by maist tae be the cleverest o the animals. Stang o the trump amangst the pigs were twa young boars cried Snawbaw and Napoleon, wha Mr Jones wis breedin up for sale. Napoleon wis a muckle, kind o radge-lookin Berkshire boar, the anely Berkshire on the fairm, no much for bletherin, but wi a guid knack for gettin his ain wey. Snawbaw wis a sicht mair birkie than Napoleon, swipper in speech and glegger tae, but no thocht tae hae the same meisur o smeddum. Aw the ither male pigs on the fairm were porkers. The maist weel-kent amang them wis a pudgetie wee pig cried Squealer, wi roond chafts, skinklin een, nimmle feet and a screichie vyce. He wis unco gabbie, and when he wis flytin ower some pernickitie pynt he'd a wey o happin frae side tae side and whidderin his tail that wis somehow awfie plausible. Fowk said o Squealer that he could hae ye thinkin black wis white.

The three o them had wirked up auld Major's teachins intae a hale muckle system o thocht, that they gied the name o Animalism. Three-fower nichts a week, efter Mr Jones wis awa tae bed, they held fly gaitherins in the barn and set forrit the principles o Animalism tae the ithers. Tae stairt wi, they were met wi a hale wheen o glaikitness and easy-oasy attitudes. Some o the animals talked aboot their duty o lealty tae Mr Jones, wha they cawed their 'Maister', or makkit sic menseless remairks as 'Mr Jones feeds us. If it wisnae for him, we'd stairve tae deith.' Ithers speired sic questions as 'Whit odds is it tae us whit happens efter we're deid?' or 'If this Rebellion's gonnae happen onyroads, whit daes it maitter if we dae onythin aboot it or no?', and the pigs had some time o it in gettin ower tae them that aw o this wis against the spírit o Animalism. The maist gowkit questions o aw were speired by Mollie, the white mare. The verra first question she speired o Snawbaw wis 'Will there still be sugar efter the Rebellion?'

MOLLIE

'Naw,' said Snawbaw dourly. 'We hinnae the makkins o sugar on this fairm. Onygates, ye'll no need sugar. Ye'll hae aw the aits and hay ye could ever want.'

'And will ah still be alloued tae busk ma mane up wi ribbons?' speired Mollie.

'Ma fere,' said Snawbaw, 'thon ribbons that ye're that taen up wi are the kenmairks o thirldom. Dae ye no unnerstaun how freedom is wirth mair as ribbons?'

Mollie telt him she did, but she didnae soond awfie convinced.

The pigs had even mair o a sair fecht dingin doon the havers pit aboot by Moses, the tame corbie. Moses, wha wis Mr Jones's dautie wee pet, wis a clatterbag and a clype, but forby thon he'd the gift o the gab. He made oot tae ken aw aboot this unco kintrae cried Sugarollie Ben, whaur aw the animals went aince they were deid. It wis set somewhaur up in the sky, a wee bittie ayont the cloods, Moses said. In Sugarollie Ben it wis Sunday seeven days a week, clover wis in season aw year roond and sugar lumps and linseed cake grew on the hedges. The animals couldnae stick Moses cause he wis a clip-ma-clash and did hee-haw wark, but a wheen o them believed in Sugarollie Ben, and the pigs had tae threap awfie haird tae persuade them that there wis nae sic place.

Their maist stainch follaers were the twa cairt-horses, Boxer and Clover. The twa o them had an awfie strauchle thinkin oot onythin for theirsels, but aince they'd acceptit the pigs as their teachers, they lapped up awthin they were telt, and passed it on tae the ither animals through simple arguments. They were ayeweys there at ilka yin o the sleekit gaitherins in the barn, and led aff in the singin o 'Beasts o England' that the gaitherins aye fínisht wi.

Noo, as it turnt oot, the Rebellion wis won tae a sicht earlier and mair easily than onybody had howped for. This past wee while-o, Mr Jones, though a sair maister, had been a middlins

fairmer, but jist lately he'd fawen upon unchancy tides. He'd been gey dishertent efter lossin a heap o siller in a law-plea, and had taen tae drinkin a lot mair than wis guid for him. For hale days on end he'd sprawl in his Windsor chair ben the scullery, readin the newspapers, haein a swallae, and noo and then feedin Moses aff crusts o breid drookit wi beer. His men were daeless and sleekit, the fields were hoachin wi weeds, the steidins wantit roofin, the hedges were neglectit and the animals were but ill-fed.

June came, and the hay wis nearlins ripe for cuttin. On Midsimmer Eve, which wis a Setturday, Mr Jones went intae Willingdon and got that fou at the Red Lion that he didnae come back until nuin on the Sunday. The men had milked the coos in the wee oors and then went aff kinnen-huntin, withoot fashin tae feed the animals. When Mr Jones got back he straicht awa went tae sleep on the lívin room couch wi the *News o the Warld* ower his face, sae that when evenin came, the animals still had no been fed. At last they could thole it nae mair. Yin o the coos splindert the door o the store-hoose wi her horn and aw the animals stairtit tae fire in tae the feed-kists. It wis jist then that Mr Jones woke up. The nixt meenit he and his fower men were in the store-hoose wi whips in haun, lashin oot ilka whit wey. This wis mair than the hungert animals could forbeir. Thegither as yin, though naethin o the kind had been planned oot aforehaun, they set tae on their tormentors. Jones and his men suddently fund theirsels gettin bultit and blootered frae aw sides. The hale thing wis mair than they could haunle. They had never seen animals cairryin on like this afore, and this suddent uprisin o craiturs that they were used tae blaudin and lowderin in ony wey that they'd a mind tae fleggit them hauf oot their wits. Efter anely a meenit or twa they gied up ony ettle at defendin theirsels and shot the craw. Afore ye kent it, aw five o them were takkin leg-bail doon the cairt-track that led tae the main road, wi the animals teirin efter them in triumph.

Mrs Jones took a swatch oot the bedroom windae, seen whit wis gawin on, and like jing flung a haunfu o her things intae a cairpet bag and snuved oot the fairm by anither wey. Moses lowped aff his ruist and fluckert efter her, croopin oot lood.

Meantimes, the animals had chased Jones and his cronies oot ontae the road and swung tae the five-baurred yett ahint them. And sae, awmaist afore they kent whit wis whit, the Rebellion had bore the gree: Jones had been herrit oot, and the Manor Fairm wis theirs.

For the first couple o meenits, the animals could hairdly credit their guid fortune. The first thing they did wis tae binner pell-mell roond the mairches o the fairm as yin, as if tae mak siccar that nae human bein wis still scoukin aboot onywhaur on it: then they breenged back tae the fairm steidins tae dicht awa the last inklins o Jones's laithsome reign. The herness-room at the end o the stables wis burst intae: the bits, the neb-rings, the dug-chains, the ill-kyndit knifes that Mr Jones had used tae castrate the pigs and lammies, were aw flung doon the well. The reins, the branks, the blinders, the demeanin haverpokes, were thrawn ontae the midden fire that wis burnin in the yaird. The whips an aw. Aw the animals daffed wi joy when they saw the whips gawin up in smeuk. Forby, Snawbaw threw ontae the fire the ribbons that had aft-times busket the horses' manes and tails on mairket days.

'Ribbons,' he said, 'Are nae different frae claes, and claes are the kenmairk o the human bein. Aw animals should gang nakit.'

When Boxer heard thon, he awa and got the wee strae bunnet that he wore in the simmer tae keep the midges oot his lugs, and he flung it ontae the fire alang wi awthin else.

In nae time at aw the animals had malafoustert awthin that minded them o Mr Jones. Napoleon then led them back tae the store-hoose and dished oot a double allouance o corn tae awbody, wi twa biscuits for ilka dug. Then they sang 'Beasts o England' frae stairt tae finish seeven times on the trot, and efter thon they coorried doon for the nicht and slept like they had never slept afore.

But they woke, as usual, at skybrek, and suddently mindin the byous thing that had happened, they aw pelted oot tae the pastur thegither. A wee bit wey doon the pastur there wis a knowe frae the heid o which ye could see jist aboot the hale fairm. The animals brattelt tae the tap o it and glowert aroond them in the skyrie mornin licht. Aye, it wis theirs – awthin that they could see, theirs! In the ecstasy o thon thocht they whiddered roond and roond, heezin theirsels intae the air in muckle, flochtersome lowps. They rampled in the dew, they cowed up mooth-fous o the sweet simmer gress, they kicked up clods o the black yird and snochert up its fousome scent. Then they makkit a tour o owerseein o the hale fairm and surveyed in wheesht admiration the pleuch-laund, the hayfield, the orchart, the pool, the birkenshaw. It wis as if they'd never seen these things afore, and even noo they could hairdly believe that it wis aw their ain.

Then they filed back tae the fairm steidins and bade in sílence ootside the door o the fairmhoose. That wis theirs an aw, but they were ower feart tae gang ben. Efter a meenit, but, Snawbaw and Napoleon battered the door open wi their shooders and the animals entered in a single raing, treadin wi the utmaist tent for fear o cowpin onythin. They tippy-taed frae wan room tae the nixt, feart tae talk abuin a whisper and gowpin wi a kind o awe at the undeemous wanthrift, at the beds wi their feather mattresses, the horsehair couch, the Brussels cairpet, the lithograph o Queen Victoria ower the lívin-room mantelpiece. They were jist comin doon the stairs when they noticed that Mollie wis missin. Gawin back, the ithers foond that she had steyed ahint in the best bedroom. She had taen an orral o blue ribbon frae Mrs Jones's dressin-table, and wis haudin it up tae her shooder and admirin hersel in the keekin-gless in an awfie daupit wey. The ithers checked her rochly, and they went ootside. Some hams hingin in the kitchen were taen oot for buirial, and the barrel o beer in the scullery wis scowed in whaur Boxer had kicked it wi his huif, but ithergates naethin in the hoose wis touched. A resolution wis agreed by them aw there and then that the fairmhoose should be preserved as a museum. They concurred as wan that nae animal maun ever bide there.

The animals had their brekfast, and then Snawbaw and Napoleon cawed them aw thegither again.

'Ma feres,' said Snawbaw, 'That's hauf-sax noo, and we've a lang day aheid o us. The day is the mou o the hay hairst. But there's yin mair thing that has tae be sortit first.'

The pigs noo lat it be kent that durin the past three months they had lairnt themsels how tae read and scrieve frae an auld spellin book that had belanged tae Mr Jones's bairns and had been flung oot intae the midden. Napoleon sent for tins o black and white pent and led the wey doon tae the five-baurred yett that gied oot ontae the main road. Then Snawbaw (cause it wis Snawbaw that wis best at scrievin) gripped a brush atween the twa knuckles o his trotter, pentit oot MANOR FAIRM frae the tap baur o

the yett and in its place pentit ANIMAL FAIRM. Thon wis tae be the name o the fairm frae noo on. Efter thon they went back tae the fairm steidins, whaur Snawbaw and Napoleon sent for a ladder that they telt the ithers tae set anent the gable end o the muckle barn. They explained that by their studies o the past three months they had managed tae bile doon the principles o Animalism tae Seeven Commandments. These Seeven Commandments wad noo be scrieved upon the waw; they wad shape the stieve and siccar law by which aw animals on Animal Fairm maun bide forever mair. Wi a bit o fanklin (for it's nae easy thing for a pig tae steidy himsel on a ladder) Snawbaw sclimmed up and set tae wark, wi Squealer a couple o rungs doon haudin the tin o pent. The Commandments were scrieved athort the taured waw in muckle white letters that ye could read frae thirty yairds awa. This is whit they said:

THE SEEVEN COMMANDMENT2

Whitever gangs upon twa shanks is a fae.

Whitever gangs upon fower shanks, or has wings, is a freen.

Nae animal shall weir claes.

Nae animal shall sleep in a bed.

Nae animal shall tak a bevvy.

Nae animal shall kill ony ither animal.

Aw animals are equal.

It wis aw scrieved awfie perjink, and ceptin that 'freend' wis scrieved 'freen' and yin o the 'S's wis back-tae-front, the spellin wis richt aw the wey through. Snawbaw read it oot lood for the benefit o the ithers. Aw the animals nodded in total greeance, and the mair gleg amangst them stairtit straicht awa tae lairn the Commandments aff by hert.

'Noo, ma feres,' cried Snawbaw, flingin doon the pent-brush, 'tae the hayfield! Lat's mak it a pynt o principle tae oorsels tae get the hairst in mair swipper than Jones and his men could manage.'

But jist then the three coos, wha had seemed ill at ease for a wee while noo, stairtit up a lood rowtin. They'd no been milked in twinty-fower oors, and their udders were aboot burstin. Efter a wee bit thocht, the pigs sent for pails and milked the coos mair or less no bad, their trotters bein weel-fittit tae the darg. Suin there wis five pails o reamy, frothin milk at which the animals luiked wi a hantle o interest.

'Whit's gawin tae happen tae aw thon milk?' said somebody.

'Jones used tae kirn it in wi oor feed, bytimes,' said yin o the hens.

'Dinnae fash yersels aboot the milk, ma feres!' cried Napoleon, plankin himsel in front o the pails, 'That'll aw get sortit oot. The hairst is whit maitters the noo. Fere Snawbaw will lead the wey. Ah'll catch up in jist a wee meenit. Forrit, ma feres! The hay is waitin.'

Sae the animals trooped doon tae the hayfield tae stairt the hairst, and when they came back in the evenin, it wis takken tent o that the milk had disappeared.

Chaipter 3

HOW THEY DARGED and sweatit tae get the hay in! But their ettlins were rewairded, syne the hairst wis winnins even mair muckle than they had howped for.

Whiles, the wark wis haird; the tools had been shapit tae human hauns, no thon o animals, and it wis a sair fecht that nae animal wis able tae use ony tool that involved staunin on their hind legs. But the pigs were that gleg they could come up wi a wirk-aroond for ony fankle. As for the horses, they kent ilka inch o the field, and in fact unnerstuid the ins and oots o mowin and rakin a sicht better than Jones and his men had ever duin. The pigs didnae actually wirk, but steered and owerseen the ithers. Wi their by-ordinar lairnin it wis anely in the wey o things that they should wind up as the high-heid-yins. Boxer and Clover wad yoke theirsels tae the cutter or the horse-rake (nae bits or reins were needit nooadays, o coorse) and stramp aw steidy roond the field wi a pig walkin ahint and cryin oot 'Hupp forrit, ma fere!' and 'Haud back, ma fere!' as the case micht be. And ilka animal doon tae even the maist hummle wirked at turnin the hay and gaitherin it. Even the deuks and hens strauchelt awa aw day in the sun, cairryin totey wheets o hay in their beaks. In the end they fínisht the hairst twa days suiner than it had for ordinar taen Jones and his men. Forby, it wis the mucklest hairst that the fairm had ever kent. There wis nae wastery at aw; the hens

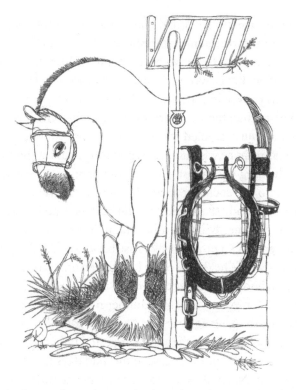

and deuks wi their gleg een had gaithered it aw up richt doon tae the last stalk. And no an animal on the fairm had pauchled sae muckle as a moothfu.

Aw through thon simmer, the darg o the fairm went like clockwark. The animals had never jaloused they could be sae happy. Ilka moothfu o scran wis a real and positive pleisur, noo that it wis for shair their ain scran, makkit by theirsels and for theirsels, no haundit oot tae them by a grippie maister. Wi the guidless, cadgin human beins awa, there wis mair for awbody tae eat. There wis mair leisur forby, prentices though the animals were tae the thing. They met wi mony an adae – likesay, later on in the year, when they gaithert in the corn, they'd tae tramp it oot in the age-auld wey and blaw awa the yawnins wi their pech, syne the farm hadnae a threshin machine – but the pigs wi their craftiness and Boxer wi his tremendous fushion ayeweys bore the gree. Boxer wis weel thocht o by awbody. He'd been a guid wirker even in Jones's time, but noo he wis mair like tae three horses than tae yin; there were days when the hale darg o the entire fairm seemed tae sit on his michty shooders. Frae mornin tae nicht he wis pushin and pullin, ayeweys at thon steid whaur the darg wis sairest. He had sortit oot an arrangement wi the yin o the cockies tae caw him in the mornins hauf an oor afore onybody else, and aff his ain back he wad taw awa at whitever maist needit daein, afore yokin time had even stairtit. His answer tae ilka problem, ilka cast-back, wis 'Ah'll jist wirk hairder!' – which he'd taen on as his ain personal slogan.

But awbody wirked accordin tae their docht. The hens and deuks, for exemple, hained anither five bushels o corn by gaitherin up the gang-agley grains. Naebody pauchled, naebody girned aboot his rations, the argie-bargie and bitin and jealousy that had been par for the coorse in the auld days had awmaist disappeared. Naebody shirked – or nearly naebody. Mollie, for siccar, had an awfie strauchle o it gettin up o a morn, and had a wey o leain wark early on accoont o haein a stane in her huif. And the ongauns o the cat were gey antrin. It wis suin noticed that whenever there wis wirk needin daein, the cat wis naewhaur tae be seen. She'd vanish for oors on end, and then appear oot o naewhaur quite the thing at denner-times, or in the

evenin efter the wark wis ower wi. But she ayeweys makkit sic byspiel excuses, and purred that luvinly, that it wis impossible no tae credit her guid intentions. Auld Benjamin, the cuddy, seemed quite unchynged syne the Rebellion. He did his darg in the same slow stubborn wey that he ayeweys had in Jones's time, never shirkin and never pittin himsel forrit for extra oors either. Aboot the Rebellion and its ootcomes he had hee-haw tae say. When speired if he wisnae happier noo that Jones had shot the craw, he wad anely say 'Cuddies live a lang spiel. Nane o youse has ever seen a cuddie deid,' and the ithers had tae content themsels wi this fremmit answer.

On Sundays there wis nae wark. Brekfast wis an oor later than ordinar, and efter brekfast there wis a ceremony that wis observed ilka week withoot fail. First came the heezin o the flag. Snawbaw had fund in the herness-room an auld green tablecloth o Mrs Jones's and had pentit on it a huif and a horn in white. This wis rin up the flagpole in the fairmhoose gairden ilka Sunday morn. The flag wis green, Snawbaw telt awbody, tae represent the green fields o England, while the huif and the horn stuid for the futur Republic o the Animals, that wad arise aince the human race had been finally owercowped. Efter the heezin o the flag, aw the animals trooped intae the muckle barn for a general assembly that wis kent as the Gaitherin. Here the wark o the comin week wis planned oot and resolutions pit forrit and debatit. It wis ayeweys the pigs wha pit forrit the resolutions. The ither animals unnerstuid how tae vote, but could never come up wi ony resolutions o their ain. Snawbaw and Napoleon were ayeweys tae the fore in the debates. But it wis noticed that the twa o them were never in greeance: whitever suggestion ane o them made, the ither wis shair tae oppose it. Even when it wis resolved – a thing naebody could tak issue wi in itsel – tae set aside the wee paddock ahint the orchart as a rest-hame for the animals that were ower auld tae wirk, there wis a fractious stushie ower the richt age o retirement for each kind o animal. The Gaitherin ayeweys endit wi the singin o 'Beasts o England', and the efternuin wis gied ower tae recreation.

The pigs had set aside the herness-room as a heidquarters for theirsels. Here, in the evenins, they studied blacksmithin, jynery, and ither necessar crafts frae buiks that they had brocht oot the fairmhoose. Forby thon, Snawbaw kept himsel occupied wi sortin the ither animals intae whit he cried Animal Committees. He wis richt steive at this. He stairtit the Egg Production Committee for the hens, the Clean Tails League for the coos, the Wild Feres' Re-education Committee (the object o this wis tae tame the rattons and kinnens), the Whiter Wool Muivement for the sheep, and sindry ithers, forby settin up clesses in readin and scrievin. For the maist pairt, these projects didnae really pan oot. The ettles tae tame the wild animals, likesay, broke doon richt frae the stairt. There wisnae a tellin in them, and when treated wi generosity, they jist took a pure len. The cat jyned the Re-education Committee, and wis gey active in it for a few days. She wis seen wan day sittin on the ruif and talkin tae some sparras that were jist ayont her rax. She wis tellin them that aw animals were noo feres and that ony sparra that had a mind tae could come and perch on her paw; but there wis nae takkers amangst the sparras.

On the ither haun, the readin and scrievin classes went awfie weel. By the hairst, near eneuch ilka animal on the fairm could read or scrieve at least a wee bit.

As for the pigs, they could awready read and scrieve nae bather at aw. The dugs lairnt themsels tae read no bad, but they'd nae interest in readin onythin cept for the Seeven Commandments. Muriel, the goat, could read a fair sicht better than the dugs, and sometimes used tae read tae the ithers in the evenins frae orra bits o newspapers she fund in the midden. Benjamin could read jist as weel as ony pig, but he never bathered himsel tae. Faur as he kent, he said, there wisnae onythin wirth the readin. Clover lairnt the hale alphabet, but couldnae pit wirds thegither. Boxer couldnae get past the letter D. He'd trace oot **A, B C, D** in the stour wi his muckle huif, and then staun there starin at the letters wi his lugs back, bytimes shakkin his forelock, ettlin wi aw his micht tae mind o whit came nixt, and never gettin there. Noo and then, tae be fair, he did lairn E, F, G, H, but by the time he kent them it wad turn oot that he'd forgot A, B, C and D. Finally he decided jist tae content himsel wi thae first fower letters, and used tae write them oot aince or twice a day tae keep them fresh in his mindins. Mollie refused tae lairn ony but the sax letters that spelled oot her name. She'd shape these awfie tentily oot o bitties o twig, and wad busk them up wi a flooer or twa and stoat aroond them admirin them.

Nane o the ither animals on the fairm could get muckle faurer than the letter A. It wis fund forby that the mair glaikit animals, sic as the sheep, hens and deuks, couldnae get on wi lairnin the Seeven Commandments aff by hert. Efter gien it some thocht, Snawbaw declared that the Seeven Commandments could be mair or less biled doon tae jist the wan maxim, which wis this: 'Fower shanks guid, twa shanks bad.' This, he said, contained the essential principle o Animalism. Whaever had got their heid roond thon wad be sauf frae human influences. The birds wirnae keen at first, syne it seemed tae them like they had twa shanks an aw, but Snawbaw pruived tae them that this wisnae it at aw.

'A bird's wing, ma feres,' he said, 'is an organ o propulsion, no o manipulation. It should thereby be regairded as a shank. The kenmairk o man is the *haun*, the instrument wi which he daes aw his mischief.'

The birds didnae unnerstaun Snawbaw's lang wirds, but they accepted his explanation, and aw the hummler animals set tae wark tae lairn the new maxim aff by hert.

FOWER SHANKS GUID

TWA SHANKS BAD

wis inscribed on the gable end o the barn, abuin the Seeven Commandments and in muckler letters. Aince they'd got it aff by hert, the sheep were fair taen up wi this maxim, and aft-times as they lay in the field they wad aw stairt bleatin 'Fower shanks guid, twa shanks bad! Fower shanks guid, twa shanks bad!' and keep it up for oors on end, never gettin fed up wi it.

Napoleon wisnae fashed aboot Snawbaw's committees. He said that the education o the young wis mair important than onythin they could be daein for them that wis awready growed-up. It happened that Jessie and Bluebell had baith whelped suin efter the hay hairst, giein birth atween them tae nine stieve puppies. As suin as they were weaned, Napoleon took them awa frae their mithers, sayin that he wad mak himsel responsible for their education. He took them up intae a loft that could anely be raxed by a ladder in the herness-room, and there kept

them in sic seclusion that the rest o the fairm suin forgot aw aboot them.

The mystery o whaur the milk went wis suin cleared up. It wis kirned ilka day intae the pigs' feed. The early aipples were ripenin noo, and the gress o the orchart wis hoachin wi windfaws. The animals had assumed as a maitter o coorse that these wad be shared oot equally; wan day, but, the order went forth that aw the windfaws were tae be collected and brocht tae the herness-room for the use o the pigs. Some o the animals had a wee girn aboot this, but there wis nae pynt tae it. Aw the pigs were in full greeance on this plan, even Snawbaw and Napoleon. Squealer wis sent tae mak the necessar explanations tae the ithers.

'Ma feres!' he cried, 'Ye arenae thinkin, are yese, that us pigs are daein this oot o pure selfishness and greed? Maist o us dinnae even like milk and aipples. Masel, ah cannae stick them at aw. The anely reason we're takkin these things is for the guid o oor health. Milk and aipples (this has been pruived by Science, ma feres) hae in them substances absolutely necessar tae the weel-bein o a pig. Us pigs wirk wi oor heids. The hale rinnin and organisation o the fairm depends on us. Day and nicht we're watchin oot for youse lot. It's for *your* sake that we're drinkin thon milk and ramshin thon aipples. Dae yese ken whit wad happen if us pigs drapped the baw, here? Jones wad come back! Aye, Jones wad come back! Shairly, ma feres,' cried Squealer, awmaist pleadin, happin frae side tae side and whidderin his tail, 'shairly there's naebody here wants Jones tae come back?'

Noo if there wis wan thing the animals were aw gey certain o, it wis that they didnae want Jones back. When it wis pit forrit tae them like that, they had naethin left tae say. The importance o keepin the pigs in guid health wis plain as parritch. Sae it wis agreed wi nae mair argie-bargie that the milk and the windfaw aipples (and forby the main crop o aipples aince they'd ripened) should be haudit back for the pigs alane.

Chaipter 4

BY THE END o the simmer, the news o whit had happened on Animal Fairm had spreid ower hauf the coonty. Ilka day Snawbaw and Napoleon sent oot flichts o doos wi instructions tae hing aboot wi the animals o the nearhaund fairms, tell them the story o the Rebellion, and lairn them the tune o 'Beasts o England'.

Maist o this time Mr Jones had spent sittin in the snug o the Reid Lion in Willingdon, girnin tae onybody that'd tak tent aboot the terrible wrangs he had tholed in gettin turned oot o his ain property by a bourach o nae-user animals. The ither fairmers were wi him in principle, but they wirnae for giein him muckle in the wey o hauners. Deep doon, ilka yin o them wis sleekitly wunnerin if there wisnae some wey he could turn Jones's mischance tae his ain advantage. It wis jist lucky that the owners o the twa fairms that sat nixt tae Animal Fairm were aye at each ither's thrapples. Yin o them, that wis cried Todwidd, wis a muckle, rin-doon, auld-farrant fairm, awfie owergaed wi widlaunds, wi aw its pasturs worn oot and its hedges a pure reid neck. The owner, Mr Pilkington, wis an easy-oasy kind o gentleman fairmer wha spent maist o his time fishin or huntin, whitever wis in season. The ither fairm, which wis cried Scrimpfield, wis smawer and mair trig. Its owner wis a Mr Frederick, a teuch, shrewd mannie, aye up tae his oxters in lawsuits and wi a reputation for drivin a haird bargain. The twa o them had that little time for each ither that it wisnae easy for them tae agree on onythin, even when it wad hae wirked oot better for them baith.

For aw that, but, the twa o them had had the fear o God pit intae them by the rebellion on Animal Fairm, and they were richt anxious tae hinder their ain animals frae hearin awfie muckle aboot it. At first they lat on as if the verra norrie o animals rinnin a fairm by theirsels wis jist the hicht o nonsense. The hale

thing'd be ower wi inside a fortnicht, they said. They pit it aboot that the animals on the Manor Fairm (they insistit on cawin it the Manor Fairm; they widnae thole the name 'Animal Fairm') were aye and on fechtin amangst theirsels and wastin awa for the want o scran. When time had passed and it wis plain as parritch that the animals hadnae wastit awa at aw, Frederick and Pilkington chynged their tune and stairtit giein it big licks aboot the rank badness that wis par for the coorse noo on Animal Fairm. It wis gien oot that the animals there were intae cannibalism, tortured yin anither wi reid-hot horseshoes and shared their wimmenfowk amangst themsels. That wis whit came o rebellin against the laws o Naitur, Frederick and Pilkington said.

But for aw that, naebody really bocht in tae these stories. Hudgie-mudgie aboot a byous fairm, whaur the human beins had aw been hoyed oot and the animals took tent o their ain haundlins, continued tae gang roond in distortit, wheetie-whattie forms, and throughoot thon year a wave o camstrariness ran through the kintrae-side. Bulls that had ayeweys been lown turned suddently radge, sheep broke through hedges and ramshed doon the clover, coos kicked ower the pail, hunters refused their fences and fired their riders ower tae the ither side. Maist o aw, the tune and even the wirds o 'Beasts o England' were kent aawhaur. It had spreid wi astonishin speed. The human beins couldnae settle theirsels whenever they heard this sang, though they lat on tae think it wis naethin but gyperie. They couldnae get their heids roond it, they said, how even animals could sing sic glaikit havers. Any animal caught singin it wis gien a guid beltin richt there and then. But nanetheless, there wis nae pittin the branks on the sang. The blackies whistled it in the hedges, the doos croodled it in the elms, it got intae the dirdum o the smithies and the jowe o the kirk bells. And when

Caesar's campaigns that he had fund in the fairmhoose, wis in chairge o the defensive ploys. He gied his orders richt awa, and in nae time at aw ilka animal wis at his post.

As the human beins came near tae the fairm steidins, Snawbaw affset his first attack. Aw the doos, aboot thirty-five o them, flew back and forrit ower the men's heids and keiched on them frae mid-air; and while the men were copin wi this, the geese, wha'd been hidin ahint the hedge, breenged oot and pecked radgely at the caufs o their shanks. But this wis anely a licht skirmishin muivement, meant tae stir up a wee bit o carfuffle, and the men chased the geese awa wi their staffs easy eneuch. Snawbaw noo launched his second line o attack. Muriel, Benjamin and aw the sheep, wi Snawbaw at their heid, brattelt forrit and snugged and butted the men fraw aw sides, while Benjamin turnt roond and lashed oot at them wi his peerie huifs. But aince mair the men, wi their staffs and their tackety buits, were ower strang for them; and suddently, at a squeal frae Snawbaw that wis the signal tae rin, aw the animals turnt and boltit through the yett intae the yaird.

The men gied oot a belloch o triumph. They saw whit they

thocht wis their enemies in flicht, and they peltit efter them hilter-skilter. This wis jist whit Snawbaw had howped for. As suin as they were weel intae the yaird, the three horses, the three coos and the lave o the pigs, wha'd been lyin in ambush in the coo-shed, suddenly skiltert oot ahint them, cuttin them aff. Snawbaw noo gied the signal for the chairge. He himsel skelped straicht for Jones. Jones saw him comin, heezed up his gun, and fired. The pellets scored bluidy streaks alang Snawbaw's back, and a sheep drapped deid. Withoot hesitatin for a meenit, Snawbaw flung his fifteen stane against Jones's legs. Jones wis flung intae a heap o dung and his gun flew oot o his hauns. But the maist frichtsome sicht o aw wis Boxer, rearin up on his hind legs and strikin oot wi his muckle iron-shod huifs like a couser. His verra first blow cloured a stable-lad frae Todwidd on the harn-pan and laid him oot as guid as deid in the clart. At the sicht o thon, a wheen o men drapped their staffs and tried tae rin. They'd lost their heids, and the nixt meenit aw the animals were chasin them roond and roond the yaird. They

were gored, kicked, hanched, trampled on. There wisnae an animal on the fairm that didnae get his ain back against them in his ain wey. Even the cat lowpt suddently aff a ruif ontae a coo-man's shooders and cleukt her claws intae his neck, at which he yowled in sair pyne. At a moment when the openin wis clear, the men were gled eneuch tae skilter oot o the yaird and bolt for the main road. And sae within five meenits o their arrival they were fleein, black-affrontit, by the same road they'd came in on, wi a flock o geese hissin efter them and peckin at their caufs the hale wey.

Aw the men were awa cept for ane. Back in the yaird Boxer wis pawin wi his huif at the stable-boy that lay face doon in the clart, tryin tae turn him ower. The boy didnae rowst.

'He's deid,' said Boxer, gey dulefu. 'Ah never meant tae dae it. Ah forgot ah had on thae iron shoes. Naebody will credit that ah didnae dae it oot o badness, but.'

'Nae regrets, ma fere!' cried Snawbaw, whase sairs were aye drippin bluid, 'This is war. The anely guid human bein is a deid yin.'

'Ah'm no wantin tae kill onybody, human bein or no,' said Boxer again, and his een were brimmin wi tears.

'Whaur's Mollie?' cried somebody.

Mollie wis naewhaur tae be seen. For a meenit they were aw up tae high-doh; they were feart that the men micht hae hairmed her some wey, or even cairrit her awa wi them. In the end, but, they fund her hidin in her staw wi her heid buiried amang the hay in the manger. She had duin a rinner as suin as the gun went aff. And when the ithers came back frae luikin for her, it wis tae find that the stable-lad, wha had anely been donnert, had awready waukent and shot the craw.

The animals had noo gaithered in a feuch o tirrivee, ilka yin recoontin his ain ongauns in the battle at the tap o his vyce. An impromptu celebration o the victory wis held straicht awa. The flag wis rin up and 'Beasts o England' wis sung a guid hantle o times, then the sheep that had been killed wis gien a solemn funeral, and a haw-buss plantit on her grave. At the graveside Snawbaw makkit a wee speech, emphasisin the need for aw animals tae be redd tae die for Animal Fairm if it came doon tae it.

The animals decided as yin tae create a military honour, 'Animal Hero, First Cless', that wis awairdit there and then tae Snawbaw and Boxer. It consisted o a bress medal (they were really some auld horse-bresses that had been fund in the herness-room), tae be worn on Sundays and holidays. There wis forby 'Animal Hero, Second Cless', that wis awairdit posthumously tae the deid sheep.

There wis some jawin backin and forrit aboot whit the battle should be cawed. In the end, they cried it the Battle o the Coo-shed, syne that wis whaur the ambush had been sprung. Mr Jones's gun had been fund lyin in the clart, and it wis kent that there wis a hantle o cartridges in the fairmhoose. It wis decided tae set the gun up at the fit o the flagstaff, like a piece o artillery, and tae fire it twice a year – aince on October the twalt, the anniversary o the Battle o the Coo-shed, and aince on Midsimmer Day, the anniversary o the Rebellion.

Chaipter 5

AS THE WINTER nichts drew in, Mollie got tae be mair and mair
o a pest. She wis late for wark ilka mornin and explained it awa
by sayin that she'd slept in, and she girned aboot haein a sair
this or a sair that, though it makkit nae odds tae her appetite, no
wan wee bit. At the drap o hat she'd jouk awa frae her wark and
gang tae the drinkin dub, whaur she'd staun gowpin glaikitly at
her ain reflection. But there wis clatter forby o somethin mair
serious. Yin day, as Mollie daundert aw easy-oasy intae the
yaird, flinderin her lang tail and chowin on a stalk o hay, Clover
took her tae yin side.

'Mollie,' he said, 'Ah've somethin gey serious tae talk tae
ye aboot. This morn, ah saw ye peepin ower thon hedge that
sinders Animal Fairm frae Todwidd. Yin o Mr Pilkington's men
wis staunin on the ither side o the hedge. And – ah wis a fair
bittie awa, but ah'd sweir doon ah saw this richt – he wis talkin
tae ye and ye were lettin him clap ye on the neb. Whit's gawin
on, Mollie?'

'He never! Ah didnae! Thon's naethin but slavers!' cried
Mollie, stairtin tae prance aboot and scart the grund.

'Mollie! Luik me in the een. Cross yer hert and howp tae dee,
wis thon mannie clappin ye on the neb or wis he no?'

'Naethin but slavers!' Mollie said again, but she couldnae
luik Clover in the een, and the nixt meenit she'd taen a rinner

and binnert awa intae the field.

Clover thocht o somethin. Withoot a wird tae the ithers, she went tae Mollie's staw and howked through the strae wi her huif. Hidden aneath the strae wis a wee pile o sugar lumps and a guid wheen o buskins in aw the different colours.

Three days efter thon, Mollie disappeart. For a few weeks, naebody kent whaur she'd went tae, then the doos said that they had seen her on the ither side o Willingdon. She wis staunin atween the stangs o a smairt wee dug-cairt pentit reid and black that wis restin ootside a howff. A bausie reid-faced chiel in checked breeks wis clappin her on the neb and feedin her sugar. Her coat wis fresh clippit and she'd a scarlet ribbon aroond her tappin. She luikt like she wis haein the time o her life, the doos said. Nane o the animals ever talked o Mollie again.

In January the wather turnt bitter snell. The yird wis like iron, and naethin wis a-daein in the fields. Mony gaitherins were convened in the muckle barn, and the pigs busied themsels wi settin oot the wark for the comin season. They had aw come tae the unnerstaunin that the pigs, wha were by faur the gleggest o aw the animals, should decide aw questions o fairm policy, though their decisions had tae be confirmed by a majority vote. This arrangement wad hae wirked oot awricht if it hadnae been for the stushies atween Snawbaw and Napoleon. The twa disagreed ower onythin that it wis possible tae disagree ower. If yin o them suggestit sowin a muckler acreage wi baurley, the ither wis shair tae demand a muckler acreage o aits, and if yin o them said that sic and sic a field wis jist richt for kail, the ither wad declare that it wis nae guid for onythin but ruits. They baith had their ain follaeins, and there were some ill-naiturt flytins atween them. At the Gaitherins themsels, Snawbaw aft-times won ower the feck o the animals wi his stoondin speeches, but Napoleon wis better at winnin fowk roond in atween times.

He wis especially weel thocht o by the sheep. This past while, the sheep had taen tae bleatin 'Fower shanks guid, twa shanks bad' baith in and oot o season, and they aft interruptit the Gaitherins wi this. Ye couldnae help noticin that they were especially liable tae brek oot intae 'Fower shanks guid, twa shanks bad' jist when Snawbaw wis buildin up tae somethin guid in yin o his speeches. Snawbaw had went ower and ower some auld copies o the *Fairmer and Stockbreeder* that he'd fund in the fairmhoose, and he wis loadit wi plans for new-fangelt impruivements tae the fairm. He talked awfie wyce-like aboot field stanks, fodder and basic slag, and had wirked up a hale fantoosh schame for aw the animals tae drap their dung straicht intae the fields, at a different spot ilka day, tae save the darg o cairtin it ower. Napoleon came up wi nae ideas o his ain, but jist said evendoon that Snawbaw's wad aw come tae naethin, and seemed tae be bidin his time. But o aw the rammies, nane wis sae soor as the yin that took place ower the windmill.

In the lang pastur, no faur frae the fairm steidins, there wis a wee knowe that wis the hiest pynt on the fairm. Efter a wee scance ower the grund, Snawbaw decidit this wis jist the verra place for a windmill, that could then be makkit tae turn a dynamo and rin the fairm aff electrical pouer. Thon pouer wad licht the staws and keep them wairm in the winter, and wad rin forby a circular saw, a caff-cutter, a mangel-sheaver, and a mechanical milker. The animals had never heard the likes o this (the fairm wis an auld-farrant yin and anely had the maist bauch o machinery), and they listened in bumbazement as Snawbaw pentit picturs for them o byous machines that wad dae aw the darg while they piked in the fields at ease or bettered their minds wi readin and colloguin.

Efter a few weeks, Snawbaw's plans for the windmill were aw wirked oot. The mechanical ins and oots came maistly frae three buiks that had belanged tae Mr Jones – *Yin Thoosand Usefu Things tae Dae Aboot the Hoose, Ilka Man His Ain Brickie*, and *Electricity for Prentices*. Snawbaw kept as his study a shed that had aince been used for incubators and had a snod widden flair, guid for drawin on. He wis sneckit awa in there for oors at a time. Wi his buiks haudit open by a stane, and wi a stick o chalk grupped atween the knuckles o his trotters, back and forrit he'd prance and breel, drawin in line efter line and giein oot wee wheeps o flickament. Ower time, the plans grew intae a fantoosh hushoch o cranks and trinnles, coverin mair than hauf the flair, that the animals couldnae mak heid nor tail o but were gey taen up wi aw the same. Ilka yin o them came tae hae a deek at Snawbaw's drawins at least aince a day. Even the hens and the deuks came, and were on egg-shells no tae pattle aw ower the chalk mairks. Anely Napoleon steyed awa. He'd said richt frae the stairt that he'd nae time for ony talk o windmills. But yin day, he turnt up oot o naewhaur tae check oot the plans. He stramped dourly roond the shed, gleerin doon at ilka detail o the plans and snochlin at them a couple o time, afore staunin for a thochtie meenit gleyin them frae oot the corner o his ee; then aw o a suddent he liftit his leg, stroned aw ower the plans, and stoatit oot withoot sae muckle as a wird.

The hale fairm wis sindert richt doon the middle on the subject o the windmill. Snawbaw didnae lat on that biggin it wad be an easy job. Stane wad hiv tae be cairried and biggit up intae waws, then the sails wad want makkin and efter that they'd need some dynamos and cables. (Whaur they were aboot tae get them, Snawbaw didnae say.) But aw the same he said that it could be duin inside a twalmonth. And efter thon, he said, the amoont o darg that wad be saved wad mean that the animals wad anely need tae wark three days oot o the week. Napoleon, on the ither haun, pit forrit that whit wis needit richt

noo wis tae increase food production on the fairm, and that if
they wastit ony time on the windmill they'd aw end up stairvin
tae deith. The animals sortit theirsels intae twa curns unner the
slogans 'Vote for Snawbaw and the three-day week' and 'Vote
for Napoleon and the heck and manger'. Benjamin wis the anely
animal that didnae tak up wi yin side or tither. He widnae credit
that either scran wad become mair plentifu or that the windmill
wad save wark. Windmill or nae windmill, he said, life wad gang
on jist as it ayeweys had – sairly, that is.

Apairt frae the argie-bargie ower the windmill, there wis the
question o how best tae defend the fairm. Awbody kent that
although the humans had got their heids haundit tae them in the

Battle o the Coo-shed they micht mak anither, mair contermit ettle at takkin back the fairm and pittin in Mr Jones. They'd aw the mair reason tae dae it, forby, syne the news o their skelpin had spreid aw ower the kintraeside and makkit the animals on the neebourin fairms mair wanrestfu than ever. As usual, Snawbaw and Napoleon were at odds ower this. Accordin tae Napoleon, whit the animals needit tae dae wis tae get mair guns and train themsels in how tae use them. Accordin tae Snawbaw, they had tae send oot mair and mair doos and stir up rebellion amang the animals on the ither fairms. The yin said that if they couldnae defend themsels they were shair tae get malkied, the tither said that if rebellions breuk oot aw ower the place they'd no need tae bather wi defendin themsels at aw. The animals took tent first o Napoleon, then o Snawbaw, and couldnae mak their minds up wha wis richt; truth be telt, they aye fund themsels agreein wi whitever yin wis speakin jist the noo.

At last the day came when Snawbaw's plans were finisht. At the Gaitherin on the Sunday nixt, the question o whether or no to begin wark on the windmill wis tae be pit tae the vote. Aince the animals had foregaithert in the muckle barn, Snawbaw stuid up and, though interruptit noo and then by bleatin frae the sheep, pit forrit his reasons for pushin for the biggin o the windmill. Then Napoleon stuid up tae repone. He said gey caum that the windmill wis the hicht o nonsense and that he advised naebody tae vote for it, and sat straicht back doon again; he'd spoken for mebbes thirty seconds, and didnae seem at aw fashed as tae whether fowk had peyed him ony mind. Then Snawbaw lowped tae his feet, and shoutin ower the sheep, wha had aw stairtit bleatin again, launched intae a passionate speech in favour o the windmill. Afore noo, the animals had been mair or less eeksie-peeksie atween the twa, but in a meenit Snawbaw's rhetoric had cairrit them awa. In leamin wirds he pentit a pictur o Animal Fairm as it micht be when the scunner o labour wis liftit frae aff the animals' backs. His imagination had noo rin faur ayont caff-cutters and neep-sheavers. Electricity, he said, could rin threshin machines, pleuchs, harras, rollers and reapers and binders, forby supplyin ilka staw wi its ain electric licht, hot and cauld watter, and an electric heater. By the time he'd finisht his spiel there wis nae dout at aw whit wey the vote wad gang. But at that verra meenit, Napoleon stuid up and, wi an orra kind o sideweys deek at Snawbaw, lat oot a screichie peenge like naethin onybody had ever heard him gie mooth tae afore.

At this there wis a terrible yowlin noise ootside, and nine undeemous dugs weirin collars studdit wi bress came brattlin intae the barn. They breenged straicht for Snawbaw, wha anely jist lowped oot the road in time tae jouk their snackin jaws. Like jing, he wis oot the door and they were efter him. The animals were aw ower dumfoonert and feart tae say onythin, as they howdled through the door tae watch the chase. Snawbaw wis racin across the lang pastur that led tae the road. He wis rinnin as anely a pig can rin, but the dugs were richt on his heels. Suddently he cowped ower, and it wis shair as guns that the dugs wad hae him. But then he wis up again, rinnin faster than ever, and then the dugs were gainin on him aince again. Yin o them aw but sneckit his jaws on Snawbaw's tail, but Snawbaw wheeched it awa jist in time. Then he gied it the last o his smeddum and, wi inches but tae spare, won free through a hole in the hedge and wis nae mair tae be seen.

Wheesht and deidly fleggit, the animals smooled back intae the barn. A meenit efter, the dugs came lowpin back. At first naebody had ony norrie at aw whaur these craiturs had came frae, but then they sussed it aw oot: thon were the whalps that Napoleon had taen awa frae their mithers and reared himsel.

Though no yet full-growen, they were muckle dugs, and as bowsterous as wolfs. They steyed richt near tae Napoleon. Ye couldnae help noticin that they wagged their tails at him in the same wey the ither dugs has used tae dae tae Mr Jones.

Napoleon, wi the dugs richt ahint him, noo ascendit tae the raised bittie o the flair whaur Major had aince stuid tae gie his speech. He annoonced that frae noo on the Sunday mornin gaitherins were finisht wi. There wisnae ony need for them, he said, and they were jist a waste o time. Gawin forrit, ony issues tae dae wi the rinnin o the fairm wad be settled by a by-ordinar committee o pigs wi himsel at the heid. They wad meet in private and efterhaun lat the ithers ken whit had been decided. The animals wad still gaither on Sunday mornins tae hailse the flag, sing 'Beasts o England' and be gien their orders for the week; but there wad be nae mair debates.

For aw that they were still stoondit frae Snawbaw's flemin oot, the animals were stamagastert by this annooncement. A wheen o them wad hae argied back, if they could hae fund the richt wirds. Even Boxer wis luikin awfie fykit. He set his lugs back, shook his forelock three-fower times, and tried his best tae gaither his thochts; but in the end he couldnae think o onythin tae say. Some o the pigs, but, had smairter mooths on them. Fower young porkers in the front row stairtit up in screichie squeals o scunneration, and aw fower o them lowped tae their feet and began speakin aw at aince. But suddently the dugs sittin roond Napoleon lat oot deep, gurly growls, and the pigs haudit their wheesht and sat theirsels doon again. Then the sheep broke oot intae an unco bleatin o 'Fower shanks guid, twa shanks bad!' that lastit for aboot a quarter o an oor, and pit an end tae ony howps o mair threapin.

Efterwards Squealer wis sent roond the fairm tae explain the new wey o things tae the ithers.

'Ma feres,' he said, 'Ah've nae dout that ilka animal here kens the sacrifices that Brither Napoleon is makkin in takkin on aw this extra wark for himsel. Ah mean c'mon, ma feres, dae ye think he's daein aw this for the fun o it? Aye, richt; ye widnae wish the job o leader on yer warst enemy, ah'm tellin ye. Naebody, but *naebody*, believes mair siccar than Brither Napoleon that aw animals are equal. If he thocht youse lot could mak aw yer decisions for yersels, he'd lowp at the chance. But here's the thing o it – sometimes ye micht mak the wrang decisions, ma feres, and then whaur wad we aw be? Likesay, whit if youse had aw went along wi Snawbaw and his windmill havers – Snawbaw, wha, as we aw noo ken, wis nocht better than a sleekit wee...'

'He focht wi smeddum at the Battle o the Coo-shed,' somebody said.

'Smeddum's no eneuch,' said Squealer. 'Lealty and obedience, that's whit gets the job duin. And as for the Battle o the Coo-shed, ah jalouse the day will come when it'll turn oot that Snawbaw wisnae the bonnie fechter youse mebbe aw think. Discipline, ma feres, iron discipline! Thon is oor bywird o the day. Wan wee slip, and oor enemies wad come doon on us like a ton o bricks. Ah mean, ye're no sayin, ma feres, that ye're wantin Jones back, are yese?'

Aince again, the animals didnae ken whit tae say. Richt eneuch, they didnae want Jones back; an if haudin their debates on a Sunday morn wis liable tae bring him back, then the debates maun get nipped in the bud. Boxer, wha'd had time tae think things ower by noo, gied vyce tae the general feelin when he murmled: 'Weel, if Brither Napoleon says it, it maun be richt.' And frae then on he took on the maxim, 'Napoleon is ayeweys richt,' in addition tae his ain private motto o 'Ah'll jist wirk hairder.'

By noo the wather had breuk and the spring pleuchin had stairtit. The shed whaur Snawbaw had drawn his plans for the windmill had been shut up, and it wis weened that the plans had been dichtit frae the flair. Ilka Sunday mornin at ten on the dot the animals gaithered in the muckle barn tae be gien their orders for the week. The harn-pan o auld Major, noo clean o flesh, had been howked up frae the orchart and set up on a scrog at the fit o the flagstaff, aside the gun. Efter the heezin o the flag, the animals had tae tae file past the harn-pan in wheesht deference on their wey intae the barn. Nooadays, they didnae aw sit thegither like they'd used tae. Napoleon, wi Squealer and anither pig cawed Smatchet, wha had an unco gift for the scrievin o sangs and poems, sat up the front o the raised platform, wi the nine young whalps sat in a semicircle aroond them and the ither pigs dowped doon ahint. The lave o the animals sat facin them in the main body o the barn. Napoleon read oot the orders for the week in a dour sodger-like wey, and efter the ane singin o 'Beasts o England', aw the animals skailed awa.

On the third Sunday efter Snawbaw's flemin oot, the animals were fair conflummixt tae hear Napoleon pit the wird oot that the windmill wis tae be biggit efter aw. He didnae tell them whit wey he'd had this chynge o hert, but jist wairned the animals that the extra darg wad mean some awfie haird wark, and mebbes the reduction o rations forby. The plans, but, had aw been set oot, richt doon tae the last detail. A by-ordinar committee o pigs had been tyauvin awa at them for the past three weeks. The biggin o the windmill, alang wi sindry ither betterments, wis like tae tak aboot twa years.

Thon evenin, Squealer explained tae the ither animals in private that Napoleon had never been conter tae the windmill. No wan bittie; fact, it wis him that'd first came up wi the norrie, and the plan that Snawbaw had drawn on the flair o the incubator shed had actually been pauchled frae oot o Napoleon's papers. The windmill, truth be telt, wis Napoleon's ain idea, roup and stoup. Whit wey, then, speired somebody, had he came oot sae strainch against it? Here Squealer luikt richt sleekit. Weel, he said, that wis aw pairt o Brither Napoleon's flyness. He'd *made oot* tae be conter tae the windmill, jist as a wey tae get shot o Snawbaw, wha wis a rank bad yin and a pure scunner. Noo that Snawbaw wis oot the road, the plan could gang aheid withoot his interficherin. This, Squealer said, wis a wee thing cawed tactics. He repeatit a wheen o times, 'Tactics, ma feres, tactics!' happin aboot and whidderin his tail wi a cantie lauch. The animals wirnae richt siccar whit thon wird meant, but Squealer said it that plausibly, and the three dugs that happened tae be wi him gurled in sic a threitenin wey, that they aw acceptit his explanation wi nae mair questions.

Chaipter 6

AW THAT YEAR the animals wirked like thirlfowk. But they were happy in their darg; they didnae grudge the sacrifice or the strive, syne they kent that awthin they did wis for the guid o theirsels and thon o their kind that wad come efter them, and no jist for a shooer o daeless, pauchlin human-fowk.

Throughoot the spring and simmer they wirked a saxty-oor week, and in August Napoleon pit oot the wird that there wad be wark on Sunday efternuins forby. This wark wis totally voluntary, but ony animal that didnae pit a shift in wad hae his rations reduced by hauf. But even at that, it wis necessar tae lea certain things on the fairm unduin. The hairst wis a wee bit less fouthie than the year afore, and twa fields that should hae been sown wi ruits in the early simmer were never sown acause the pleuchin hadnae been finisht suin eneuch. It wisnae haird tae see that the comin winter wad be a sair yin.

The windmill threw up aw kind o unlippent fankles. There wis a guid quarry o limestane on the fairm, and a fair load o saund and cement had been airtit oot in wan o the oothooses, sae that aw the materials for the biggin were tae haun. But the problem the animals couldnae get their heids roond at first wis how tae brek up the stane intae bits o the richt size. It didnae seem like there wis ony wey o daein this cept wi picks and lewders, which were ayont the haundlin o the animals syne nane o them could staun on their hind legs. Anely efter weeks o pyntless pinglin did somebody come up with the richt idea – that is, tae use the pouer o gravity. Muckle boolders, ower untoutherly tae be used as they were, were lyin aw ower the bed o the quarry. The animals lashed rowps aroond these, and then awthegither, coos, cuddies, sheep, ony animals that could tak haud o the rowp – even the pigs sometimes jyned in when it wis needit – they draigged them wi seekenin slowness up the brae tae the tap o the quarry, whaur they were whammelt ower the edge, tae shatter tae bitties ablo. Shiftin the stane aince it wis breuken wis easy eneuch, compared tae thon. The horses cairrit it aff in cairt-loads, the sheep pullt single blocks, even Muriel and Benjamin yoked theirsels tae an auld bogie and did their bit. By late simmer a guid bouk o stane had piled up, and the biggin began, unner the guidins o the pigs.

But it wis a slow and kittlish job. Aft as no it took a hale day o trauchlesome ettle tae drag jist the ane boolder tae the tap o the quarry, and sometimes aince it wis hoyed ower the edge it didnae brek. They'd hae got naewhaur at aw withoot Boxer, whase smeddum wis equal tae that o aw the ither animals pit thegither. When a boolder stairtit tae skite and the animals cried oot in distress at findin theirsels dragged doon the ben, it wis aye Boxer wha streened himsel against the rowp and brocht the boolder tae a stap. Tae see him toilin up the brae inch by inch, his breith comin in pechs and blaws, the tips o his huifs clautin at the grund, and his muckle sides matted wi sweat, filled awbody wi admiration. Clover wairned him bytimes tae be tentie no tae owerstreen himsel, but Boxer wad never pey her ony mind. His twa slogans, 'Ah'll jist wirk hairder' and 'Napoleon is ayeweys richt,' seemed tae him tae haud the answer tae ony problem. He'd makkit an arrangement wi the cockieleerie tae caw him three-quarters o an oor early in the mornins insteid o hauf an oor. And whenever he'd a meenit tae himsel, which wisnae aften nooadays, he'd gang tae the quarry on his ding, gaither up a load o broken stane, and drag it doon tae the site o the windmill aw his lane.

The animals wirnae that bad aff throughoot thon simmer, for aw their darg wis sair. If they had nae mair scran than they'd had in Jones's day, weel, at least they hadnae ony less. The advantage o anely haein tae feed theirsels, and no haein tae provide for five wasterfu humans forby, wis sae muckle that it wad hae taen a wheen o failures tae cancel it oot. And in mony weys the animal method o daein things wis mair purposelike and saved a guid lot o wark. Jobs like weedin could be duin by them wi a tentiness weel ayont ony human. And again, syne nae animals pauchled noo, it wisnae necessar tae pale aff pastur frae laund that wis guid tae till, which saved a lot o darg on the keep-up o hedges and yetts. For aw that, but, as the simmer wore on, sindry unlippent shortcomes stairtit tae mak theirsels felt. There wis a want o paraffin ile, nails, string, dug biscuits and iron for the horses' shoes, nane o which could be produced on the fairm. Later, there'd be need for seeds and artificial manur, forby sindry tools and, at last, the wirkins for the windmill. How they were tae get a haud o sic things, naebody had ony notion at aw.

Yin Sunday mornin when the animals had gaithered tae be gien their orders, Napoleon annoonced that he had settled on a new wey o daein things. Frae noo on, Animal Fairm wad dae tred wi the neebourin fairms: no, o coorse, for the purposes o profit, but jist tae get a haud o ony materials there wis an immediate want for. The needs o the windmill maun come afore onythin else, he said. Tae thon end, he wis makkin arrangements tae sell aff a ruck o hay and pairt o this year's wheat crop, and later on, if they needit mair siller, they'd mak up the difference by sellin eggs, for which there wis aye a mairket in Willingdon.

The hens, said Napoleon, should be gled o this opportuinity tae mak their ain special contríbution taewards the biggin o the windmill.

Aince mair the animals felt kind o wanrestfu aboot this. Never tae hae haundlins wi humans, never tae engage in tred, never tae mak use o siller – had these no been amang the foremaist resolutions passed at thon first triumphant Gaitherin efter Jones had been flemit? Aw the animals minded o passin sic resolutions: or, onygates, they thocht they minded o it. The fower young pigs that had girned when Napoleon got shot o the Gaitherins raised their vyces timorously, but they were wheeshtit straicht awa by an undeemous gurlin frae the dugs. Then, as usual, the sheep broke intae 'Fower shanks guid, twa shanks bad!' and the witherwyse meenit wis ower wi. Finally, Napoleon heezed up his trotter and telt them that aw the arrangements had awready been sortit oot. There'd be nae need for ony o the animals tae hae onythin tae dae wi the humans, for that wad plainly be ayont the pale. He intended tae tak the the hale burden ontae his ain shooders. A Mr Wheemer, a solicitor that bided in Willingdon, had agreed tae act as midsman atween Animal Fairm and the ootside warld, and wad come by the fairm ilka Monday morn tae be gien his instructions. Napoleon fínisht his speech wi his usual belloch o 'Lang live Animal Fairm!' and efter the singin o 'Beasts o England' the animals were aw sent awa.

Efterhaun, Squealer makkit a wee roond o the fairm tae set the animals' minds at ease. He swore up and doon that the resolution anent engagin in tred and usin siller had never been passed, or even pit forrit. It wis aw jist a load o havers that had like as no came aboot thanks tae some clashmaclaivers frae Snawbaw. A few animals still wirnae shair aboot this, but Squealer asked them cannily, 'Are ye richt shair it's mebbe no

abuin aw, that the windmill wad be a total dug's denner. They
wad gaither in the howffs and pruive tae each ither by wey o
diagrams that the windmill wis shair tae faw doon, or that if
it did stey up, it wad never wirk. For aw that, but, the humans
developit a kind o begrudgin respeck for the purposeness wi
which the animals were orderin their ain affairs. Yin inklin o
this wis that they had stairtit tae caw Animal Fairm by its richt
name and stapped lettin on that it wis aye cawed the Manor
Fairm. They'd forby drapped their uphaudin o Jones, wha'd
gied up howp o gettin his fairm back and flittit awa tae anither
pairt o the kintrae. Except through Wheemer, there wis as yet
nae contact atween Animal Fairm and the ootside warld, but
there wis continual hudgie-mudgie that Napoleon wis aboot

tae enter intae a solvendie business arrangement wi either Mr Pilkington o Todwidd or wi Mr Frederick o Scrimpfield – but never, it has tae be said, wi baith at the yin time.

It wis aboot this time that the pigs suddenly flittit intae the fairmhoose and stairtit bidin there. Aince mair, the animals seemed tae mind that a resolution anent this had been passed in the bygane days, and aince mair Squealer convinced them that thon wisnae the case at aw. It wis absolutely necessar, he said, that the pigs, wha were the harns o the fairm, should hae a guid lown place tae bide in. Forby, it wis mair in keepin wi the dígnity o the Heidsman (for o late he had takken tae aye referrin tae Napoleon as the 'Heidsman') tae bide in a hoose raither as a laich sty. For aw that, but, some o the animals were fashed tae hear that the pigs no anely took their denner in the kitchen and used the lívin-room as a leisur space, but slept in the beds forby. Boxer passed it aff wi his usual 'Napoleon is ayeweys richt!', but Clover, wha thocht she minded o a siccar rulin against beds, went tae the gable-end o the barn and tried tae faddom oot the Seeven Commandments that were scrieved there. Bein able tae read nae mair than the individual letters, but, she went and got Muriel.

'Muriel,' she said, 'read us the Fowert Commandment. Daes it no say somethin aboot no sleepin in beds?'

Muriel warstelt wi spellin it oot.

'It says, "Nae animal shall sleep in a bed *wi coonter-panes*"', she said, at lang and last.

Funnily eneuch, Clover hadnae minded that the Fowert Commandment said onythin aboot coonter-panes; but seein as how it wis there on the waw, there wis nae arguin ower it. And Squealer, wha happened tae be daunderin past richt at that moment, follaed by twa or three dugs, wis able tae pit the hale thing intae its richt context.

'Yese hiv been telt, then, ma feres,' he said, 'that us pigs are sleepin in the beds in the fairmhoose noo? Weel, how no? Ye're no tellin me ye thocht there wis a rulin against beds, are ye? A bed means nae mair as a place tae sleep in. A bing o strae in a staw is a bed, if ye think aboot it. The rule wis against coonter-panes; they're somethin that humans came up wi. Sae we've wheecht thon coonter-panes richt aff the fairmhoose beds, and we're sleepin atween blankets. And richt tosie it is, an aw! But nae mair tosie than we're needin, ah'm tellin yese, feres, wi aw the brain-wark we're hivvin tae dae nooadays. Ye'd no begrudge us a guid nicht's sleep, wad ye, ma feres? Ye're no wantin tae see us ower knackered tae dae oor jobs? Ah mean, there's nane o us wantin Jones tae come back, am ah richt?'

The animals nipped thon norrie in the bud richt awa, and nae mair wis said aboot the pigs sleepin in the fairmhoose beds. And when, a few days efter, it wis gied oot that frae noo on the pigs wad be gettin up an oor later in the mornins than the ither animals, nae threap wis makkit aboot that either.

By the hairst, the animals were wearied but blythe. They'd had a sair year o it, and efter they'd sellt aff pairt o the hay and the corn, the stores o scran for the winter wirnae exactly lippin-fou, but the windmill makkit up for awthin, and it wis jist aboot hauf-biggit noo. Efter the hairst there wis a bout o guid gled wather, and the animals wirked hairder than ever, thinkin it weel wirthwhile tae plod back and forrit aw day wi blocks o stane if it meant they could raise the waws anither fit. Boxer wad even come oot at nichts and wirk for an oor or twa on his ain by the licht o the hairst muin. Efter lowsin time the animals wad daunder roond and roond the hauf-fínisht mill, mervellin at its sonsie, upricht waws and wunnerin that they should ever hae been able tae big onythin sae gallus. Anely auld Benjamin wisnae for gettin ower cairrit awa aboot the windmill, though coorse he'd say naethin mair aboot it than the odd antrin remairk that cuddies live a lang spiel.

November came, wi gowsterie sooth-west winds. Biggin had tae stap syne it wis ower watherie noo tae mix the cement. At last, there came a nicht when the blowster wis that radge that the fairm steidins shoogled on their fundaments and a wheen o tiles were blawn aff the ruif o the barn. The hens woke up skellochin wi terror, for they had aw dreamt at aince o hearin a hyne-awa gun gang aff. In the mornin the animals came oot o the staws tae find that the flagstaff had been blown doon and an elm tree at the fit o the orchart had been pullt up like a raidish. They had jist noticed this when a yowl o grue broke frae ilka animal's thrapple. A terrible sicht had met their een.

The windmill wis in a state o complete smasherie.

Wi yin accord, they breenged doon tae the site. Napoleon, wha seendle shiftit oot o a daunder, beltit aheid o them aw. Aye, there it lay, the fruit o aw their strauchles, flettent tae the fundaments, thon stanes they had shattered and cairrit wi sic undeemous fash noo scaittert aw aroond. Ill-able at first tae speak, they stuid gaupin dowily at the guddle o fawen stane. Napoleon paced back and forrit in sílence, noo and then snochlin at the grund. His tail had went as straicht as an arrae, and it fidged shairply frae yin side tae the ither, a sign in him o deep thochtiness. Suddently he stapped deid, as if his mind wis makkit up.

'Ma feres,' he said aw lown, 'dae yese ken whase ill-daein is this? Dae yese ken whit enemy has came in the howe-dumm-deid o nicht and cowped oor windmill? SNAWBAW!' he raired suddently wi a vyce like thunder. 'Snawbaw, and nane ither! Jist for the badness o the thing, ettlin tae set back oor plans and revenge himsel for the doontak o his flemin, thon turncoat has creepit here unner the kiver o nicht and malafoustert oor darg o awmaist a year. Ma feres, here and noo ah pronoonce upon Snawbaw the sentence o deith. "Animal Hero, Second Cless" and hauf a bushel o aipples tae ony animal that gies him whit he's got comin tae him. A bushel hale tae onybody that taks him alive!'

The animals were shocked ayont aw reckonin tae lairn that even Snawbaw could be guilty o sic a deed. There wis a cry o ootrage, and awbody stairtit thinkin oot weys o hucklin Snawbaw if he ever came back. Awmaist richt awa, the trods o a pig were fund in the gress a wee bittie frae the knowe. Ye could anely follae them a few yairds, but they luikt tae lead tae a hole in the hedge. Napoleon snochled thochtily at them and pronoonced them tae be Snawbaw's. He jaloused that Snawbaw had like as no came frae the airtin o Todwidd Fairm.

'Haud forrit, ma feres!' cried Napoleon aince the trods had been scanced ower. 'We hae darg tae be daein. This verra morn we stairt on the rebiggin the windmill, and we'll wirk aw through the winter, come rain or shine. We'll lairn this wratchit turncoat that he'll no can herry us sae easy. Mind yersel, feres, there maun be nae chynges tae oor plans: they will be cairrit oot doon tae the verra day. Forrit, ma feres! Lang live the windmill! Lang live Animal Fairm!'

Chaipter 7

IT WIS A dour winter. The gowsterie wather wis follaed by sleet and snaw, and then by a haird frost that didnae brek until weel intae February. The animals cairrit on as best they could wi the rebiggin o the windmill, kennin weel that the warld ootside wis watchin them and that the jealous humans wad hae theirsels a richt horoyally if the mill wisnae fínisht in time.

Jist for the badness o it, the humans actit as if they didnae credit that it wis Snawbaw wha had dinged doon the windmill: they said it had fawen doon cause the waws were ower thin. The animals kent thon wisnae the wey o it at aw. But for aw that, it had been decided tae big the waws three feet thick this time, raither as the eichteen inches o afore, and that meant gaitherin muckle, muckle mair amoonts o stane. For a lang spiel the quarry wis that bungfu wi snawdrifts nae wark could be duin. A wee bit forder wis makkit in the drouth, rimie wather that follaed, but it wis sair wark, and the animals couldnae feel as howpfu aboot it as they had afore. They were aye cauld, and aft hungert forby. Anely Boxer and Clover never lost hert. Squealer gied oot some fantoosh screeds on the pleisurs o service and the dígnity o labour, but the ither animals fund mair tae upsteer them in Boxer's smeddum and his aye-bidin belloch o 'Ah'll jist wirk hairder!'

In January, they were scrimp o scran. The corn ration wis cut greatly, and it wis annoonced that an extra tattie ration wad be gied oot tae mak up the odds. Then it wis airtit oot that the feck o the tattie crop had been frosted in the clamps, which hadnae been covered ower thickly eneuch. The tatties had turnt saft and ill-colourt, and anely a few were guid for eatin. For days at a time, the animals had naethin tae eat but caff and mangels. Stairvation seemed tae be starin them richt in the face.

It wis gey important tae conceal this fact frae the ootside warld. Hertened by the cowpin o the windmill, the human beins were pittin aboot fresh havers aboot Animal Fairm. Aince again it wis bein said that aw the animals were dyin o faimin and disease, and that they were aye fechtin amangst theirsels and had resortit tae eatin no jist each ither, but their ain bairns forby. Napoleon wis weel awaur o the mischancy ootcomes that micht follae if the real facts aboot the scran situation were kent, and he decided tae use Mr Wheemer tae spreid anither story awthegither. Afore noo, the animals had little or nae contact wi Wheemer on his weekly visits: but noo a pickle o chosen animals, maistly sheep, were telt tae lat oot, jist by-the-by, when Mr Wheemer wis luggin in that rations had been increased. On tap o that, Napoleon bade the awmaist tuim bins in the store-shed tae be filled nearhaund tae the lip wi saund, and then covered ower wi whit wis left o the grain and meal. On some cannie wee pretext Wheemer wis wysed through the store-shed and alloued tae get a swatch at the bins. He wis totally taen in by it an aw, and he went on tellin awbody in the ootside warld that were wis nae shortage o scran on Animal Fairm.

For aw that, taewards the end o January it wis plain as parritch that it wad be necessar tae hustle up some mair grain frae somewhaur. By then, Napoleon wis hairdly ever seen in public, but spent aw his days in the fairmhoose, which wis gairded at each door by radge-luikin dugs. When he did come oot, it wis ayeweys as pairt o some muckle performance, wi sax dugs in attendance that packed richt in aroond him and gurled if onybody got ower near. Hauf the time he didnae even turn oot on Sunday mornins, but gied oot his orders through yin o the ither pigs, Squealer maistly.

Yin Sunday morn Squealer annoonced that the hens, wha had jist came in tae lay again, maun gie up their eggs. Napoleon had gree'd, through Wheemer, a contract for fower hunner eggs a week. The siller frae these wad pey for grain and meal eneuch tae keep the fairm gawin until the simmer came on and things stairtit tae get a wee bittie easier.

When the hens heard aboot this, there wis bedlam. They had been telt afore noo that this mebbe-micht be necessar, but they hadnae really believed it'd come doon tae that. They were jist gettin their clatches ready for the spring cleckin, and they cried oot that tae tak the eggs awa noo wis murder. For the first time syne the flemin o Jones, there wis somethin like an uprisin. Led by three young Black Minorca poullies, the hens were bent set on stymiein Napoleon. They did this by fleein up tae the bauks and layin their eggs there, which then smashed tae bitties on the flair. Napoleon's response wis swith and fell. He ordered the hens' rations tae be cut aff, and decreed that ony animal giein sae muckle as a smad o corn tae a hen should be punisht wi deith. The dugs makkit siccar that these orders were cairrit oot. For five days the hens haudit oot, then they yieldit and went back tae their nestin boxes. Nine hens had dee'd atween hauns. Their bodies were buried in the orchart, and it wis gied oot that they had dee'd o coccidiosis. Wheemer heard naethin aboot ony o this, and the eggs were delivered in coorse, a grocer's van drivin up tae the fairm aince a week tae tak them awa.

Aw the while, nae mair had been seen o Snawbaw. The clash wis that he wis hidin oot on yin o the neebourin fairms, either

Todwidd or Scrimpfield. Napoleon wis by this time gettin on a wee bit better wi the ither fairmers than afore. It jist happened that in the yaird there wis a pile o timmer that had been stackit there ten years syne efter a beech shaw had been cleared. It wis in guid case, and Wheemer had advised Napoleon tae sell it; baith Mr Pilkington and Mr Frederick were fawin ower theirsels tae buy it. Napoleon wis switherin atween the twa o them, strauchlin tae mak his mind up. Ye couldnae help noticin that whenever he wis thinkin aboot daein a deal wi Frederick, Snawbaw wis said tae be in hidin at Todwidd, but whenever he wis leanin taewards Pilkington, Snawbaw wis jaloused tae be at Scrimpfield.

Suddently, early on in the spring, a scunnersome thing wis discovered. Snawbaw wis secretly comin tae the fairm in the howe-dumm-deid o nicht! The animals were that harasst they could hairdly sleep in their staws. Ilka nicht, it wis said, he came creepin in unner the huid o the nicht and got up tae aw sorts. He pauchled the corn, he trampled the seedbeds, he cowped the milk-pails, he smushed the eggs, he knappit the bark aff the fruit trees. Whenever onythin went wrang, it wis par for the coorse noo tae blame it on Snawbaw. If a windae got panned or a cundie clagged, somebody wis odds-on tae say that Snawbaw had come in the nicht and duin it, and when the key for the store-shed went amiss, the hale fairm wis certain that Snawbaw had chucked it doon the well. Best o it wis, they went on believin this even efter the tint key turnt up unner a sack o meal. The coos aw said as yin that Snawbaw had creepit intae their staws and milked them in their sleep. The rattons, wha had been awfie fashious thon winter, were said as weel tae be giein hauners tae Snawbaw.

Napoleon decreed that there should be a full speirin-oot o Snawbaw's ongauns. Wi his dugs richt ahint him, he set oot and makkit a tentie tour tae luik ower the fairm steidins, the ither animals follaein at a respectfu distance. Ilka few steps, Napoleon stapped and snochled the grund for inklins o Snawbaw's trods, which, he said, he could airt oot frae their smell. He snochled in ilka neuk, in the barn, in the coo-shed, in the henhooses, in the vegetable gairden, and fund traces o Snawbaw jist aboot aawhaur. He'd set his gruntle tae the grund, gie a wheen o muckle snifters, and exclaim in a terrible vyce, 'Snawbaw! He's been here! Ah'd ken thon smell onywhaur!' and at the wird 'Snawbaw' aw the dugs lat oot bluid-curdlin gurrs and showed their side teeth.

The animals were awfie, awfie feart. Tae them, it seemed as if Snawbaw wis some kind o Scotch mist, infusin the air aw aroond and shorin them wi dangers o ilka kind. In the evenin Squealer cawed them awthegither, and wi a wirrit expression on his face telt them that he'd some grave news tae gie oot.

'Ma feres!' cried Squealer, makkin fliskie wee links, 'an awfie, awfie thing has jist came oot. Snawbaw has sellt himsel tae Frederick o Scrimpfield Fairm, wha even noo is schemin tae attack us and tak oor fairm awa frae us! Snawbaw is gonnae act as his guide aince the attack begins. But that's no even the warst o it. We'd aw thocht that Snawbaw's rebellion wis caused by his gair-gaun arrogance, jist. But we were wrang, ma feres. Dae ye ken whit the real reason wis? Snawbaw wis in wi Jones richt frae the aff! This hale time, he wis wirkin for Jones on the fly. We've anely jist airtit oot the documents that he left ahint, and that pruive the hale jing-bang. If ye ask me, this aw explains an awfie lot, ma feres. Did yese no see for yersels how he ettled – tae nae avail, smaw mercies – tae hae us aw gubbed and malafoustert at the Battle o the Coo-shed?'

The animals couldnae credit their ain lugs. This wis badness faur ayont Snawbaw's dingin doon o the windmill. But it wis a few meenits afore they could take it aw in. They aw minded, or thocht they minded, how they had seen Snawbaw chairgin aheid o them at the Battle o the Coo-shed, how he had rallied and hertened them at ilka turn, and how he hadnae swithered for an instant, no even when the pellets frae Jones's gun had scartit alang his back. At first, it wisnae easy tae see how this aw chimed wi him bein on Jones's side. Even Boxer, wha hairdly ever speirt at onythin, wis strauchlin wi it. He lay doon wi his fore-huifs aneath him, shut his een, and wi a muckle makkin o maucht managed tae compone his thochts.

'Ah cannae get ma heid roond thon,' he said. 'Snawbaw focht wi smeddum at the Battle o the Coo-shed. Ah saw him masel. Did we no gie him "Animal Hero, First Cless" richt efter thon?'

'It wis his jotters we should hae be giein him, ma fere. Cause we ken noo – it's aw there in black and white in thon documents ah wis sayin aboot – that the hale time he wis ettlin tae wile us tae oor doom.'

'But he wis hurtit sair,' said Boxer. 'We aw seen his back rinnin wi bluid.'

'That wis aw pairt o his plan!' cried Squealer. 'Jones's shot anely skiffed him. Ah could show ye thon in his ain scrievin, if ye were fit tae read it. Their ploy wis for Snawbaw, at the richt meenit, tae gie the signal tae bolt and lea the field tae the enemy. And he jist aboot managed it, tae – fact, ma feres, ah'll tell ye this, he *wad* hae managed it, if it hadnae been for oor heroic Heidsman, Brither Napoleon. Dae yese no mind how, jist at the verra second Jones and his men had got intae the yaird, Snawbaw had suddenly turnt and taen flicht, and a wheen o animals had follaed him? And dae yese no mind forby that it wis jist at that moment, when awbody had lost the heid and the baw wis jist aboot on the slates, that Brither Napoleon lowped forrit wi a cry o "Deith tae Humanity!" and sank his teeth intae Jones's shank? Shairly yese mind o aw *that*, ma feres?' cried Squealer, happin frae yin side tae the ither.

Noo that Squealer had set it aw oot for them like thon, it seemed tae the animals that they did mind it efter aw. Onygates, they minded that at the creest o the fecht Snawbaw had turnt and duin a rinner. But Boxer still wisnae siccar.

'Ah cannae credit that Snawbaw wis a traitor richt frae the stairt,' he said at last. 'Whit he's duin syne then is different. But for masel, ah still think that at the Battle o the Coo-shed he wis a guid fere tae us.'

'Oor Heidsman, Brither Napoleon,' annoonced Squealer, spikkin awfie firmly and slowly, 'has said as plain as parritch – as plain as parritch, ma fere – that Snawbaw wis Jones's crony richt frae the verra beginnin – aye, and frae lang afore the Rebellion wis even thocht o.'

'Och, weel, that's anither thing awthegither, then!' said Boxer. 'If Brither Napoleon says it, it maun be richt!'

'Ye're no wrang there, ma fere, ye're no wrang at aw!' cried Squealer, though ye couldnae help noticin that he shot Boxer a richt dirty look wi his skinklin wee een. He turnt tae gang, then paused and said in an awfie stere wey: 'By the by, ah'm wairnin ilka animal on this fairm – keep an ee oot. We hae ilka reason tae think that, even as we speak, some o Snawbaw's sleekit cronies are lurkin amang us!'

Fower days efter, late in the efternuin, Napoleon ordered aw the animals tae gaither in the yaird. Aince they were aw gaithert thegither, Napoleon came oot o the fairmhoose weirin baith his medals (for he had jist gied himsel 'Animal Hero, First Cless' and 'Animal Hero, Second Cless'), wi his nine muckle dugs lowpin aw aroond him and lettin oot gurls that sent shidders doon the rig-banes o the ither animals. Wheesht, they aw coured in their places, seemin tae ken aheid o time that some terrible thing wis aboot tae happen.

Napoleon stuid dourly lookin at his audience: then he gied oot a screichie whimper. Straicht awa the dugs sprentit forrit, claucht fower o the pigs by the lug and hauled them, squaikin wi pyne and fear, tae Napoleon's feet. The pigs' lugs were bleedin, the dugs had the taste o bluid, and for a wee meenit they luikt fit tae gang totally aff their heids. Tae the bumbazement o awbody, three o them flung theirsels at Boxer. Boxer seen them comin and pit oot his muckle huif, catchin a dug in mid-air and pinnin him doon tae the grund. The dug yapped for mercy and the ither twa flew awa wi their tails atween their legs. Boxer luikt tae Napoleon tae see whether he should crush the dug tae deith or lat it lowse. Napoleon's face drapped like a stane, and wi a snell vyce he telt Boxer tae lat the dug gang. Boxer liftit his huif, and the dug slunkit awa, brouselt and yowlin.

By and by, the stushie dwyned awa. The fower pigs waitit, chitterin, wi guilt scrieved aw ower their faces. Napoleon cawed upon them noo tae confess tae their crimes. They were the same fower pigs that had kicked aff when Napoleon had banned the Sunday Gaitherins. Wi no a wird mair frae onybody, they admittit that they had been sleekitly communin wi Snawbaw ever syne his flemin, that they had gied him hauners in the dingin doon o the windmill, and that they had reddit up a deal wi him tae haun ower Animal Fairm tae Mr Frederick. They said forby that Snawbaw had telt them amangst theirsels that he had been wirkin awa for Jones for years noo. Efter they'd finisht their confession, the dugs tuir their thrapples oot at aince, and in a terrible vyce Napoleon demandit tae ken whether ony ither animals had onythin tae confess.

The three hens that had been the leaders-aff in the ettled-at uprisin ower the eggs noo came forrit and said that Snawbaw had appeared tae them in a dream and upsteered them tae defee the orders o Napoleon. They were slauchtered as weel. Then a goose came forrit and admittit tae haein stashed awa sax ickers o corn durin the last year's hairst and eaten them in the nicht. Then a sheep admittit tae haein pee'd in the drinkin dub – eggelt tae dae sae, she said, by Snawbaw – and twa ither sheep admittit tae haein endit an auld tuip, a byous stainch follaer o Napoleon, by chasin him roond and roond a banefire when he wis strugglin wi a kirkyaird hoast. Ilka last yin o them wis killt there and then. And sae the lítany o confessions and executions went on, until there wis a bing o corpses at Napoleon's feet and the air wis hingin wi the smeek o bluid, a smell unkent o there syne the flemin o Jones.

Aince it wis aw ower, the animals that were left, cept for the pigs and the dugs, creepit awa as yin. They were mismeyed and míserable. They didnae ken whit wis the mair uggsome – the treichery o the animals that had cast in wi Snawbaw, or the ill-kyndit retribution they had jist witnessed. In the auld days,

there had aft been scenes o slauchter that were jist as bad, but it seemed tae aw o them tae be faur warse noo that it wis happenin amang theirsels. Syne Jones had left the fairm, until this verra day, nae animal had killt anither animal. No sae muckle as a ratton had been skaithed. They aw makkit their wey tae the wee knowe whaur the hauf-fínisht windmill stuid, and as wan they aw lay doon, as though cooryin for wairmth – Clover, Muriel, Benjamin, the coos, the sheep and a hale flock o geese and hens – awbody, in fact, except for the cat, wha had suddently disappeared jist afore Napoleon gied the order for the animals tae gaither. For a wee while, naebody said onythin. Anely Boxer steyed on his feet. He fidged back and forrit, swíshin his lang black tail against his withers and noo and then lettin oot a wee snig o surpríse. At last, he said:

'Ah cannae get ma heid roond it. Ah'd hae never hae creditit that the likes o thon wis happenin on oor fairm. We maun aw be daein somethin wrang, ah dout. Masel, ah think the anely wey forrit is for us tae wirk hairder. Frae noo on, ah'm gonnae be gettin up an oor earlier o a mornin.'

And he daundert aff at his trauchlin trot and heidit for the quarry. Aince he'd got there, he gaithert up twa loads o stane, yin efter the ither, and dragged them doon tae the windmill afore turnin in for the nicht.

The animals cooried aroond Clover, no sayin onythin. The knowe whaur they were lyin gied them a guid view across the rest o the kintrae. Maist o Animal Fairm wis there afore them – the lang pastur streetchin doon the main road, the hayfield, the shaw, the drinkin dub, the pleuched fields whaur the young wheat wis fouthie and green, and the reid ruifs o the fairm steidins wi the smeuk curlin frae the lums. It wis a gled spring evenin. The gress and the baggit hedges were gilted wi the snod streaks o the sun. Never had the fairm – and it mazed them tae

mind that it wis their ain fairm, ilka inch o it their ain haudin
– luikt sae bonnie. As Clover stared doon the brae, her een
lippit-fou wi tears. If she could hae gied vyce tae her thochts,
it wad hae been tae say that this wis no whit they had ettled at
when they had set theirsels years syne tae cowp ower the human
race. These scenes o grue and slauchter wirnae whit they had
luikt forrit tae on thon nicht when auld Major first upsteered
them tae rebellion. If she hersel had had ony norrie o the futur,
it had been o a common weal o animals unthirlt frae hunger
and the whip, aw equal, each wirkin accordin tae his abilities,
the strang protectin the shilpit, as she had protectit the wandert
clatch o babbie deuks wi her foreleg on the nicht o Major's
speech. Insteid – she didnae ken why – they had come tae a time
whaur naebody daured tae say whit wis in his thochts, whaur
radge, gurlin dugs ranged aawhaur, and whaur ye'd tae watch
yer feres torn tae pieces efter admittin tae dreidfu ill-daeins.
She kent that, even as it wis, they were faur better aff than they
had been in the days o Jones, and that afore onythin else it wis
necessar tae forfend the retour o the humans. Nae maitter whit,
she wad stey siccar, wirk haird, cairry oot the orders that were
gien tae her, and accept the guideship o Napoleon. But still, it
wisnae for this that her and aw the ither animals had howped
and tawed. It wisnae for this that they had biggit the windmill
and tholed the bullets o Jones's gun. Sic were her thochts,
though she hadnae the wirds tae pit them ower.

At the end o it aw, feelin it tae be in some wey a place-hauder
for the wirds she couldnae find, she stairtit tae sing 'Beasts o
England'. The ither animals sittin roond her took it up, and they
sang it three times ower – in great hermony, but wi a slow and
cruinin gait, in a wey they'd never sang it yet afore.

They'd jist finisht singin it for the third time when Squealer,
follaed by twa dugs, came up tae them wi the air o haein somethin

important tae say. He annoonced that, by a special decree o Brither Napoleon, 'Beasts o England' had been prohíbited. Frae noo on, it wad be forbidden tae sing it.

The animals couldnae get ower it.

'But how?' cried Muriel.

'We hivnae ony need o it, ma fere,' said Squealer stievely, "Beasts o England' wis the sang o the Rebellion. But the Rebellion is ower and duin wi. The execution o the turncoats this efternuin wis the last o it. Oor enemies, baith ootwith and inby, hae been defeatit. Wi 'Beasts o England' we pit ower oor howps for a better warld in the days tae come. Weel, here we are, bidin in thon better warld. Thon sang has clearly ran its coorse.'

Frichtened though they were, some o the animals micht weel hae threapit wi him, but jist at that the sheep set up their usual bleatin o 'Fower shanks guid, twa shanks bad,' which went on for a guid few meenits and pit an end tae ony discoorse.

And sae 'Beasts o England' wis heard nae mair. In its place, Smatchet, the makar, had scrieved anither sang that stairtit:

The mair strang oor fairm, oor Animal Fairm,
The less chance we hae o comin tae hairm!

and this wis sung ilka Sunday morn efter the heezin o the flag. But somehow neither the wirds nor the tune seemed tae the animals tae come up tae 'Beasts o England'.

Chaipter 8

A FEW DAYS efter, aince the horror caused by the executions
had dwyned awa, some o the animals minded – or thocht they
minded – that the Saxt Commandment decreed 'Nae animal
shall kill ony ither animal.' And although naebody wis up for
sayin it in the hearin o the pigs or the dugs, they'd the feelin
that this didnae chime weel wi the killins that had taen place.
Clover speired Benjamin tae read her the Saxt Commandment,
and when Benjamin, as aye, said that he wis haein naethin
tae dae wi sic ongauns, she went and got Muriel. Muriel read
the Commandment oot for her. It said: 'Nae animal shall kill
ony ither animals *for nae reason*.' Wan wey or anither, thon
last three wirds had slippit frae the animals' mindin. But they
saw noo that the Commandment hadnae been broken; for it
wis clear as onythin that there were guid reasons tae kill the
turncoats wha had taen sides wi Snawbaw.

Throughoot the year the animals wirked hairder even than
they had wirked the twalmonth afore. Tae big the windmill aince
again, wi waws twice as thick as afore, and tae finish it by the
set date, thegither with the ordinar darg o the fairm, wis an unco
strauchle. There wis times when it seemed tae the animals that
they wirked langer oors and were fed nae better than they had
been in Jones's day. On Sunday mornins Squealer, haudin doon
a lang screed o paper wi his trotter, wad read oot tae them lists o

fígurs shawin that the production o sic and sic a crop had went up by twa hunner per cent, three hunner per cent, or five hunner per cent, whitever it wis. The animals had nae reason at aw no tae credit him, seein as they couldnae mind awfie weel theirsels whit things had been like afore the Rebellion. Aw the same, there were days when they were gey shair that they'd raither hae had fewer fígurs and mair scran.

Aw orders were noo gied oot through Squealer or yin o the ither pigs. Napoleon himsel wisnae seen oot and aboot mair than aince in a fortnicht. When he did come oot, he wis convoyed no anely by his company o dugs but by a black chanticleer that mairched in front o him and actit as a kind o herald, lettin oot a lood 'cock-ma-leerie' afore Napoleon spoke. Even in the fairmhoose, it wis said, Napoleon bided in separate chaumers frae the ithers. He had his mealtiths on his lane, wi twa dugs tae keep him weel-sert, and aye ate frae the guid china denner set that had been in the gless cabinet in the lívin room. On tap o aw thon, it wis announced that the gun wad be fired ilka year on Napoleon's birthday, forby the ither twa halidays.

Naebody nooadays cawed Napoleon jist 'Napoleon'. He wis aye talked up in fantoosh style as 'oor Hiedsman, Brither Napoleon,' and aw the pigs liked tae come up wi sic titles for him as Faither o Aw Animals, Dreid o Mankind, Bield o the Sheep-bucht, Freend tae the Babbie Deuks, and siclike. In his speeches, Squealer wad spraff wi the tears rinnin aff his chafts o Napoleon's wyceheid, the guidness o his hert, and the great luve he buir for aw animals aawhaur, even and especially the misluckit animals wha still bided in ignorance and thirldom on ither fairms. It wis in the wey o things noo tae gie Napoleon acclaim for ilka guid tidin and ilka straik o luck. Aft wad ye hear wan hen say tae anither, 'Wi the uphaudin o oor Heidsman, Brither Napoleon, that's me laid five eggs in sax days'; or twa coos, haein a wee waucht at the dub, wad declare 'This watter is pure smashin, thanks tae the guideship o Brither Napoleon!' The general feelin on the fairm wis best pit ower in a poem by Smatchet cried *Brither Napoleon*, that went like this:

> Freend o the faitherless!
> Springheid o happiness!
> Laird o the feed-forestaw! Och, how ma hert is on
> Fire when ah gove at ye,
> Thon caum, commandin ee,
> Like the sun ower the lea,
> Brither Napoleon!
>
> Ye gie tae aw craiturs
> These boonties o Naitur's,
> Guid wamefu twice a day, clean strae tae rowe upon;
> Ilka beast, muckle or sma
> Sleeps at peace in his staw,
> Ye tak tent o them aw,
> Brither Napoleon!
>
> If ah'd ma ain wee gryce,
> Afore he wis even the size
> O a mutchkin or a keukie bun,
> He wad hae lairnt tae be
> Siccar and stieve tae ye,
> Aye, his first squaik wad be
> 'Brither Napoleon!'

Napoleon wis richt taen up wi this poem, and he had it scrieved on the waw o the muckle barn, at the ither end frae the Seeven Commandments. Abuin thon, there wis a portrait o Napoleon, side on, skaikit by Squealer in white pent.

Atween hauns, wi Wheemer as his midsman, Napoleon wis thrang wi some gey kittlie back-and-forrits wi Frederick and Pilkington. The pile o timmer wis still tae be selt. O the twa, Frederick wis the mair aiverie tae get it, but he wisnae for giein them a fair price. At the same time, there wis mair clashmaclaivers aboot Frederick and his cronies schamin tae attack Animal Fairm and ding doon the windmill, the biggin o which wis makkin him green wi envy. Snawbaw wis kent tae be still slinkin aboot at Scrimpfield Fairm. In the middle o the simmer, the animals were gey fashed tae hear that three hens had come forrit and admittit that, at Snawbaw's egglin, they had stairtit in wi a ploy tae murder Napoleon. They were executit straicht awa, and fresh provísions for Napoleon's safety were pit in place. Fower dugs stuid roond his bed at nicht, yin at ilka corner, and a wee pig cawed Pinkeen wis gien the darg o tastin aw his scran afore he ate it, jist in case it wis poisoned.

At aboot the same time it wis gien oot that Napoleon had sortit oot the sale o the pile o timmer tae Mr Pilkington; and forby, that he had reddit up an ongaun arrangement for the tred o some specífic products atween Animal Fairm and Todwidd. The relations atween Napoleon and Pilkington, though they were cairrit oot anely through Wheemer, were noo mair or less freendly. The animals had their douts aboot Pilkington, bein as he wis a human bein, but they faur preferred him tae Frederick, wha they baith feared and laithed. As the simmer went on, and the windmill wis nearaboots fínisht, the clatter aboot an oncomin treicherous attack grew looder and looder. Frederick, it wis said, wis ettlin tae bring against them twinty men aw airmed wi guns, and he had awready sweetened the baillies and polismen, sae that if he could get haud o the title-deeds tae Animal Fairm there'd be nae mair questions asked. Forby aw thon, uggsome stories were comin oot o Scrimpfield aboot the ill-kyndit treatment that Frederick inflictit on his animals. He had laithered an auld yaud tae deith, he stairved his coos, he had killed a dug by castin it intae an ingle, he divertit himsel o an evenin by makkin the cocks fecht wi shairds o razor-blad tethert tae their spurs. The animals' bluid biled wi rage when they heard aboot these things bein duin tae their marraes, and sometimes they clamourt as yin tae be alloued tae gang oot and attack Scrimpfield Fairm, drive oot the humans and set the animals free. But Squealer fleetched them no tae dae onythin glaikit and tae keep the faith in Brither Napoleon's ploys.

Nanetheless, the verra idea o Frederick aye got the animals' dander up. Yin Sunday morn, Napoleon appeared in the barn and telt them that no even for wan meenit had he thocht aboot sellin the pile o timmer tae Frederick; he wad be black-affrontit, he said, tae hae ony haunlins wi skellums o thon ilk. The doos that were still sent oot tae spreid tidins o the Rebellion were forbidden tae set fit onywhaur on Todwidd, and were telt forby tae drap their auld slogan o 'Deith tae Humanity' in favour o 'Deith tae Frederick'. In the late simmer, yet anither o Snawbaw's ploys wis laid bare. The wheat crop wis hoachin wi weeds, and it wis discovered that on yin o his nicht-time visits, Snawbaw had kirned weed seeds in wi the seed corn. A gainder that had been in on the ploy had confessed his guilt tae Squealer and richt efter affed himsel by swallaein the deidly berries o the nichtshade. The animals noo lairnt forby that Snawbaw had never – as mony o them had aye thocht – been gien the order o 'Animal Hero, First Cless'. Thon wis jist an auld yairn that had been pit aboot some time efter the Battle o the Coo-shed by Snawbaw himsel. Fact, faur frae bein buskit wi medals, he had been upreddit for his display o couartiness in battle. Aince mair, the animals were stumpsed wi this, but Squealer wis suin able tae persuade them that the faut lay in their mindins.

In the autumn, wi undeemous ettle and unco bang – for the hairst had tae be gaithert at nearaboots the exact same time – the windmill wis finisht. The wirkins still had be pit in, and Wheemer wis transactin the buyin o them, but the structur itsel wis complete. In the face o ilka hairdship, in spite o their lack o skeel, their bauchelt tools, their bad luck and Snawbaw's treichery, the wark had been finisht on time, doon tae the verra day! Knackered but prood, the animals daundert roond and roond their maisterpiece, which seemed even mair bonnie in their een than when it had first been biggit. Forby that, the waws were twice as thick as afore. Naethin short o gunpooder wad bring it doon this time! And when they thocht o aw their darg, aw the waps in the raip they had owercome, and the muckle odds it wad mak tae their lifes aince the awes were birlin and the dynamos gawin – when they thocht o aw this, the tiredness went richt oot o them and they reeled roond and roond the windmill gien oot skirls o joy. Napoleon himsel, wi his dugs and his chanticleer, came doon for a deek at the finisht wark; he hailsed the animal in person on their guid speed, and annoonced that the mill wad be cawed Napoleon Mill.

Twa days efter, the animals were cawed thegither for a by-ordinar gaitherin in the barn. They were absolutely dumfoondert when Napoleon annoonced that he had selt the pile o timmer tae Frederick. The morra, Frederick's cairts wad arrive and stairt takkin it awa. Aw the while that he'd been lettin on tae be palsy-walsy wi Pilkington, Napoleon had really been settin up a sleekit pact wi Frederick.

Aw relations wi Todwidd had been broken aff; flytin scrieves had been sent tae Pilkington. The doos had been telt tae stey awa frae Scrimpfield and tae chynge their slogan frae 'Deith tae Frederick' tae 'Deith tae Pilkington'. At the same time, Napoleon gaed bond tae the animals that the witterins o a comin attack on Animal Fairm were a load o havers, and that the tales aboot Frederick's haithenous treatment o his ain animals had been blawn oot o proportion. Aw sic clashmaclaivers had nae dout stairtit wi Snawbaw and his agents. For it noo turnt oot that no anely wis Snawbaw no hidin on Scrimpfield Fairm at aw, but that he had never actually been there in his puff: he wis bidin – in considerable comfort, it wis said – at Todwidd, and as a maitter o fact had been a hinger-on o Pilkington's for mony years syne.

The pigs were pure knottin theirsels ower Napoleon's sleeness. By lettin on tae be aw pals wi Pilkington, he had garred Frederick tae raise his price by twal poonds. But whit showed that Napoleon wis the real McCoy, said Squealer, wis the fact that he trustit naebody, no even Frederick. Frederick had wantit tae pey for the timmer wi somethin cawed a cheque which, it seemed, wis an orral o paper wi a plicht tae pey scrieved on it. But Napoleon wis ower gleg for him. He had insistit on peyment in real five-poond notes, which were tae be haundit ower afore the timmer wis taen awa. Awready Frederick had peyed up; and the sum he'd peyed wis jist eneuch tae buy the wirkins for the windmill.

Atween hauns, the timmer wis bein cairtit awa like jing. Aince it wis aw gane, anither by-ordinar gaitherin wis haudit in the barn for the animals tae get a swatch at Frederick's bank-notes. Wi a muckle beamer, and busked oot in baith his medals, Napoleon loonged on a bed o strae on the platform, wi the money aside him, stacked aw perjink on a china ashet frae the fairmhoose scullery. The animals filed slowly past, and ilka yin gauped his hert oot. And Boxer pit oot his neb tae sniff at the bank-notes, and the

mauchtless white flindrikins mudged and reeshelt in his breith.

Three days efter thon, there wis an awfie stushie. Wheemer, his face aw peelie-wersh, came racin up the road on his bike, flung it doon in the yaird, and breenged straicht intae the fairmhoose. The nixt meenit, a soond o chowkin rage wis heard frae Napoleon's chaumers. The news o whit had happened spreid roond the fairm like naebody's business. The bank-notes were forgeries! Frederick had got the timmer for naethin!

Napoleon cawed the animals thegither richt awa and in a terrible vyce pronoonced the deith sentence upon Frederick. Aince they'd got him, he said, Frederick wad be biled alive. At the same time, he wairned them that efter this treicherous deed the warst maun be expectit. Frederick and his men micht mak their lang-awaitit attack at ony meenit. Gairds were steidit at aw the ingangs tae the fairm. Forby thon, fower doos were sent tae Todwidd wi cuitlin scrieves, which they howped micht mend relations wi Pilkington.

The verra nixt mornin, the attack came. The animals were haein their brekfast when the look-oots came breengin in wi the news that Frederick and his cronies were awready past the five-baurred yett. Fou o smeddem, the animals sallied forrit tae meet them, but this time it wisnae the skoosh it'd been at the Battle o the Coo-shed. There wis fifteen men, wi hauf-a-dizzen guns atween them, and they lat lowse as suin as they got within fifty yairds. The animals couldnae thole the terrible explosions and the skaithin pellets, and for aw the ettlins o Napoleon and Boxer tae rally them, they were suin driven back. A guid wheen o them were woondit awready. They luikt for bield in the fairm steidins and deeked tentily oot through the keek-holes and navis-bores. The hale o the muckle pastur, includin the windmill, wis in the hauns o the enemy. For noo, even Napoleon didnae ken whit tae dae. He paddit back and forrit withoot a wird, his tail stieve and fidgin. Pensefu glences were sent in the airtins o Todwidd. If Pilkington and his men came tae gie them hauners, there wis aye a chance. But jist then the fower doos, that had been sent oot the day afore, came back, yin o them clauchtin an orral o paper frae Pilkington. On it wis scrieved the wirds 'Whit's for ye'll no gang by ye.'

Atween hauns, Frederick and his men had stapped aroond the windmill. The animals watched them, and a murmle o wirry went roond. Twa o the men had pullt oot a lewder and a forehaimer. They were gonnae bring doon the windmill.

'Aye, that'll be richt!' cried Napoleon. 'Thon waws are biggit faur ower stoot. They'll no can ding it doon in a week o tryin. Keep the heid, ma feres!'

But Benjamin wis takkin awfie guid tent o whit the men were daein. The twa wi the haimer and the lewder were borin a hole near the base o the windmill. Cannily, awmaist as if he thocht it wis aw wan big joke, Benjamin nodded his lang muzzle.

'Aye, ah thocht sae,' he said. 'Dae ye no see whit they're daein? Nixt thing is, they'll prime thon hole wi gunpooder.'

Feart hauf tae deith, the animals waitit. There wis nae chance noo o them settin furth frae the shelter o the steidins. Efter a few meenits, the men skailed theirsels tae aw the airts. Then there came a rair tae deifen ye. The doos swirled intae the air, and aw the animals, cept for Napoleon, flung theirsels flat on their wames and covered their faces. When they got up again, a muckle clood o black smuir wis hingin whaur the windmill had been. Slawly, the pirr-windie driftit it awa. The windmill wis nae mair!

At the sicht o thon, the animals' smeddum came back tae them. The dreid and wanhowp they had felt a meenit afore were

drooned in their rage against this uggsome, ill-makkin deed. A michty skirl for vengeance * went up, and withoot waitin for ony orders they breenged forrit as yin and heidit straicht for the enemy. This time they didnae heed the fell pellets that sweepit ower them like hail. It wis a gurly, vícious battle. The men fired again and again, and, aince the animals got near eneuch, lashed oot wi their staffs and their tackety bits. A coo, three sheep, and twa geese were killt, and jist aboot awbody else wis woondit. Even Napoleon, wha wis cawin the shots frae ahint, had the tip o his tail taen aff by a pellet. But the men didnae gang unskaithed themsels. Three o them had their heids battered by buffs frae Boxer's huifs; anither wis gored in the wame by a coo's horn; anither had his breeks nearly torn aff by Jessie and Bluebell. And when the nine dugs o Napoleon's ain bodygaird, wha he had telt tae mak a sneak attack unner cover o the hedge, suddenly kythed theirsels on the flank, yowlin and radge, the men lost the plot awthegither. They could see that they were aw but surroondit. Frederick yollert for his men tae tak leg-bail while they still could, and then like jing the feartie-gowks were aw rinnin for their lifes. The animals chased them richt doon tae the bottom o the field, and got in some last kicks at them as they strauchelt through the jaggie hedge.

They had bore the gree, but they were bleedin and forfochten. Tentily, they stairtit hirplin back taewards the fairm. The sicht o their deid feres laid oot on the gress garred some o them tae greet. And for a wee while they stapped in waesome wheesht at the place whaur the windmill aince had stuid. Aye, it wis gane; doon, awmaist, tae the last smitchin o their trauchles, gane! Even the fundaments were hauf-mogert. And in rebiggin it they couldnae, as they had afore, mak use o the fawen stanes. This time the stanes were gane, tae. The force o the explosion had flung them the lenth o the fairm. It wis as if the windmill had never existit.

As they approached the fairm, Squealer, wha'd somewey been naewhaur tae be seen durin the fecht, came linkin taewards them, fliskin his tail wi a muckle beamer on his coupon. Jist then the animals heard, frae ower by the fairm steidins, the michtie dunder o a gun.

'Whit's thon gun firin for?' said Boxer.

'Tae celebrate oor víctory!' cried Squealer.

'Whit víctory?' said Boxer. His knaps were bleedin, he'd lost a shoe and clift a huif, and a dizzen pellets were ludged in his hind shank.

'Whit victory, ma fere? Hiv we no flemit the enemy aff oor laund – the saucrit sile o Animal Fairm?'

'But they dinged doon the windmill. The windmill we'd slaved ower for twa years!'

'Sae whit? We'll jist fling up anither windmill. We'll pit up anither sax windmills, if we've a mind tae. Mebbe ye dinnae gresp, ma fere, the michtie thing we hae duin here. The enemy had haudin-in-hale o the verra grund we're staunin on. And noo – thanks tae the wyceheid o Brither Napoleon – we hae taen back ilka last bittie o it!'

'Then we hae taen back whit wis awready oors,' said Boxer.

'That is oor víctory,' reponed Squealer.

They hirpled intae the yaird. The pellets unner the skin o Boxer's leg stoondit sairly. He saw aheid o him the muckle darg o biggin the windmill aince mair frae its fundaments, and in his mind he wis awready reddin himsel for the task. But for the first time it occurred tae him that he wis eleeven years auld, and that his great maucht wis mebbe nae langer whit it aince had been.

But when the animals seen the green flag flyin, and heard the gun firin aince mair – seeven times it wis fired in aw – and heard the speech that Napoleon makkit, praisin them for their mettle, it did seem tae them efter aw that they had won a muckle víctory. The animals felled in the battle were gien a pensefu funeral. Boxer and Clover pullt the cairt that they used as a hearse, and Napoleon himsel mairched at the heid o the walk. Twa hale days were gied ower tae celebrations. There were sangs, speeches and mair firins o the gun, and a special gift o an aipple wis gied tae ilka animal, wi twa oonces o corn for ilka bird and three biscuits for ilka dug. It wis annoonced that the battle wad be cried the Battle o the Windmill, and that Napoleon had came up wi a new honour, the Order o the Green Banner, which he had gied tae himsel. Amid aw the rejycin, the mischancy business o the bank-notes wis forgot aw aboot.

It wis a few days efter thon that the pigs came across a case o whisky in the laich room o the fairmhoose. It had been owerluikt at the time when they first muived intae the hoose. Thon nicht there came frae the fairmhoose the soonds o lood cruinin, in which, tae awbody's surprise, the souchs o 'Beasts o England' were aw kirned up. At aboot hauf past nine Napoleon, weirin an auld doo-lander o Mr Jones's, wis clearly seen tae come oot the back door, tak a quick skelp roond the yaird, and belt back intae the hoose again. But in the mornin a deid wheesht hung ower the fairmhoose. No a pig seemed tae be mudgin. It wis the back o nine afore Squealer pit in an appearance, shauchlin alang aw dachelt and disjaskit, his een dowf, his tail hingin wamfelt ahint him, luikin as if he wis fit tae drap deid. He cawed the animals thegither and telt them had some awfie, awfie news tae gie them. Brither Napoleon wis deein!

A mane o lament went up. Strae wis pit doon ootside the doors o the fairmhoose, and the animals were on heckle-pins. Wi tears in their een they speired yin anither whit they wad dae if their Heidsman wis taen awa frae them. Some clatter went roond that Snawbaw had managed tae poison Napoleon's scran efter aw. At eleeven o'clock Squealer came oot tae mak anither annooncement. As his last act upon Earth, Brither Napoleon had gied oot an austerne decree: the takkin o bevvy wis tae be punished by deith.

Thon evenin, but, Napoleon seemed tae tak a guid turn, and the nixt mornin Squealer wis able tae tell them that he wis weel

on the wey tae recovery. By the evenin o thon day, Napoleon wis back tae wirk, and on the nixt day it turnt oot that he had telt Wheemer tae gang tae Willingdon tae buy some chapbooks on brewin and stellin. A week efter, Napoleon gied orders that the wee paddock ayont the orchart, which they'd afore noo ettled tae set by as a lizour for animals ower auld tae wirk, wis tae be pleuched up. It wis gien oot that the pastur wis wersh and needed re-seedin; but it wis suin kent that Napoleon intended tae sow it wi baurley.

Aboot this time there came aboot an unco ongaun that naebody could get their heids aroond. Yin nicht at aboot twal o'clock there wis some muckle dirdum in the yaird, and aw the animals breenged oot o their staws. It wis a muinlit nicht. At the fit o the gable end o the muckle barn, whaur the Seeven Commandments were scrieved, a ladder lay breuken in twa. Squealer, aw davert, wis speldert aside it, and nearhaun there sat a lantren, a pent-brush, and a cowped-ower tin o white pent. The dugs straicht awa formed a ring aroond Squealer, and convoyed him back tae the fairmhoose as suin as he wis able tae set wan fit in front o the ither. Nane o the animals could form ony kind o norrie o whit this meant, ceptin auld Benjamin, wha nodded his muzzle wi an air o kennin and seemed tae get the gist, but wad say naethin aboot it.

But a few days efter, Muriel, readin ower the Seeven Commandments tae hersel, noticed that there wis yet anither yin o them that the animals had minded wrang. They had aye thocht the Fift Commandment wis 'Nae animal shall tak a bevvy,' but there wis twa wirds that they had forgot. Whit the Commandment actually said wis 'Nae animal shall tak a bevvy *ower mony.*'

Chaipter 9

BOXER'S CLOEN HUIF wis a guid while in mendin. They had stairtit the rebiggin o the windmill the day efter the celebrations were ower wi, but Boxer wisnae for takkin even yin day aff, and it wis a pynt o principle tae him no tae lat on that he wis hurtin. In the evenins he'd say tae Clover, atween the twa o them, that the huif wis giein him an awfie lot o gyp. Clover ettled at sortin the huif wi poultices o herbs that she makkit redd by chowin on them, and baith she and Benjamin threaped at Boxer no tae push himsel sae haird. 'A horse's lungs are meant tae last them,' she said tae him. But Boxer slung her a deifie. He had, he said, anely yin real ambition left – tae see the windmill weel alang the wey afore he raxed the age for retirin.

Tae stairt wi, when the laws o Animal Fairm were first laid oot, the retirin age had been set at twal for horses and pigs, fowerteen for coos, nine for dugs, seeven for sheep, and five for geese and hens. A guid auld-age pension had been agreed on. Sae faur, nae animal had actually retired wi a pension yet, but this past wee while the subject had been comin up mair and mair. Noo that the wee field ayont the orchart had been set aside for baurley, there wis clatter that a neuk o the muckle pastur wis tae be paled aff and turnt intae a lizour for eildit animals. For a horse, it wis said, the pension wad be five punds o corn a day and, in the winter, fifteen punds o hay, wi a carrot or mebbes an aipple on public holidays. Boxer's twalt birthday wad be in the late simmer o the year comin.

Meantime, life wis haird. The winter wis as cauld as the last yin had been, and the scran wis even mair scrimpit. Aince again aw the rations had been cut doon, ceptin thon o the pigs and the dugs. It wad hae been conter tae the principles o Animalism, Squealer telt them, for awbody's rations tae aye be eeksie-peeksie. Onygates, it wis nae fash at aw tae him tae pruive tae the ither animals that, end o the day, there wis *nae* shortcome in scran, whitever it micht luik like tae awbody else. Richt eneuch, jist for the nixt wee whilie they'd hiv tae mak some chynges tae the rations (Squealer aye makkit shair tae talk o 'chynges', never o 'cuts'), but compared tae the days o Jones, they were still comin oot weel aheid. Readin oot the fígurs in his swith, screichie vyce, he shawed them aw the ins and oots o it, how they had mair aits, mair hay, mair neeps than they'd had in Jones's day, how they wirked shorter oors, how their drinkin watter wis better, how they líved langer, how mair o their young yins came through their bairnheids, and how they had mair strae in their staws and tholed fewer flechs. The animals were taen in by ilka wird o it. Truth be telt, Jones and aw he had stuid for had aw but wuir awa frae their mindins. They kent that life nooadays wis scrimp and sair, that they were aft hungert and aft cauld, and they were for ordinar wirkin when they wirnae sleepin. But nae dout it had been waur in the auld days. They were gled tae think sae. Forby, in thon days they had aw been thirlfowk and noo they were free, and that makkit aw the odds, as Squealer ayeweys pyntit oot tae them.

There were a wheen mair mooths tae feed, noo. In the autumn, the fower sows had aw farraed roond aboot the same time, producin thirty-wan young pigs atween them. The gryces were aw pyot, and as Napoleon wis the ainly boar on the fairm, it wisnae haird tae wirk oot wha the faither wis. It wis annoonced that efter, aince bricks and timmer had been coft, a schuilhoose wad be biggit in the fairmhoose gairden. Atween hauns, the gryces were gien their lessons by Napoleon himsel in the fairmhoose scullery. They'd their exercíse in the gairden, and were telt no tae daff wi the ither young animals. Aboot this time, tae, it wis set doon as a rule that onytime a pig and ony ither animal met on a path, the ither animal maun staun oot the road: and, forby, that aw o the pigs, o whitever rank, were tae hae the prívilege o weirin green ribbons on their tails on a Sunday.

The fairm'd had a no bad year, but they were still awfie short o siller. There wis the bricks, saund and lime for the schuilhoose tae be peyed for, and it'd be necessar forby tae stairt savin up again for the wirkins for the windmill. Then there wis the lamp ile and caunles for the hoose, sugar for Napoleon's ain table (he forbade this tae the ither pigs, on the grunds it'd get them aw bowsie), and aw the ordinar odds and ends sic as tools, nails, string, coal, wire, scrap-iron and dug biscuits. A ruck o hay and pairt o the tattie crop were selt aff, and the contract for eggs wis heezed tae sax hunner a week, sae that thon year the hens hairdly cleckit eneuch chookies tae keep their nummers at the same level. Rations, cut in December, were cut again in February, and lantrens in the staws were forbidden tae save ile. But the pigs aw seemed tae be daein weel for theirsels, and in fact were pittin on a wee bit wecht, if onythin. Yin efternuin in late February a wairm, rich, gustie scent, sic as the animals had never smelled afore, wafft across the yaird frae the wee brewin-hoose, that had lay tuim in Jones's time, and that stuid ayont the kitchen. Somebody said it wis the smell o baurley cookin. The animals slorked the air in hunger and wunnert if a wairm mashlum wis bein makkit for their supper. But nae wairm mashlum appeared, and on the nixt again Sunday it wis annoonced that frae noo on aw baurley wad be haudit back for the pigs. And the news suin came oot that ilka pig wis noo on a ration o a pint o beer aince a day, wi a hauf-gallon for Napoleon himsel, which wis aye brocht tae him in the wallie soup tureen.

But if there were hairdships tae be tholed, they were meased in pairt by the fact that life nooadays had a guid bit mair mense than it had afore. There were mair sangs, mair speeches, mair mairches. Napoleon had bade that aince a week there should be haudit a thing cawed an Aff-Luif Rally, the pynt o which wis tae celebrate the strauchles and víctories o Animal Fairm. At the trystit time, the animals wad lea their wirk and mairch roond the boonds o the fairm in sodger-like order, wi the pigs leadin, then the horses, then the coos, then the sheep and then the poutrie. Boxer and Clover aye cairrit atween them a green banner mairked wi the huif and the horn and the caption, 'Lang live Brither Napoleon!' Efterhaun, there wis screedins aff o poems scrieved in Napoleon's honour, and a speech by Squealer listin the maist recent increases in the production o scran, and noo and again a shot wis fired frae the gun. The sheep were pure intae the Aff-Luif Rally, and if onybody girned (and twa-three animals sometimes did, when there wis nae pigs or dugs aroond) that they were a waste o time and jist meant a lot o staunin aroond in the cauld, the sheep were shair tae wheesht him wi an undeemous bleatin o 'Fower shanks guid, twa shanks bad!' But for the maist pairt the animals were gled o these wee celebrations. It wis a comfort tae them tae be minded that, at the end o it aw, they really were their ain maisters and that the wirk they did wis aw for their ain guid. Sae that, whit wi the sangs, the mairches, Squealer's lists o fígurs, the thunner o the gun, the crawin o the cockileerie and the flichterin o the flag, they were able tae forget that their bellies were tuim, for at least a whilie.

In April, Animal Fairm wis proclaimed a Republic, and

it wis necessar tae wale a President. There wis anely the ane candidate, Napoleon, wha wis electit unanimously. On thon same day it wis lat licht o that fresh documents had been airtit oot that kythed mair details aboot Snawbaw's collusion wi Jones. It noo seemed that Snawbaw hadnae, as the animals had thocht till noo, jist ettled at lossin the Battle o the Coo-shed by means o a ploy, but had been fechtin oot-and-oot on Jones's side. In fact, it wis him that had actually been leadin the human brigades, and that had breenged intae battle wi the wirds 'Lang live Humanity!' on his lips. The skaiths on Snawbaw's backs, which a few o the animals still minded haein seen, had been pit there by Napoleon's teeth.

In the mids o simmer, Moses the corbie suddenly reappeared on the fairm, efter haein been awa for a pickle o years. He hadnae chynged a lick, still did nae wirk, and yapped awa jist as he ayeweys had aboot Sugarollie Ben. He'd ruist himsel on a scrog, flap his black wings, and spraff awa by the oor tae onybody that wad lug in tae him. 'Up there, ma feres,' he wad say in ettle earnest, pyntin tae the sky wi his muckle beak – 'up there, jist on the ither side o thon dairk clood ye can see – there it is, Sugarollie Ben, thon laund o the leal whaur us puir animals will rest for aye and aye frae oor darg!' He even lat on tae hae been there on yin o his mair touerin flichts, and tae hae seen the aye-bidin fields o clover and the linseed cake and the sugar lumps growin on the hedges. A guid wheen o the animals believed him. Their lifes noo, they thocht tae themsels, were hungert and trauchlesome; wis it no richt and fair that a better warld should exist somewhaur else? Wan thing that wis haird tae suss oot wis whit the pigs thocht aboot Moses. They were richt sneistie aboot it when they said his stories aboot

Sugarollie Ben were a load o havers, but for aw that they lat him bide on the fairm, no liftin a fingir, wi an allouance o yin gill o beer a day.

Efter his huif had mendit, Boxer wirked hairder than ever. Fact, aw the animals wirked like thirlfowk thon year. Apairt frae the ordinar darg o the fairm, and the rebiggin o the windmill, there wis the schuilhoose for the gryces forby, which wis stairtit in Mairch. Sometimes the lang oors on scant scran were haird tae thole, but Boxer never wachled. There wis nae sign in onythin he said or did that his maucht wis nae langer whit it had been. It wis the luiks o him that were a bittie chynged; his hide wisnae as shiny as it used tae be, and his muckle hainches looked tae hae shrunkit. The ithers said, 'Boxer'll kick on again aince the spring gress comes in'; but the spring came and Boxer looked nae mair the brosie for it. Whiles on the brae leadin up tae the tap o the quarry, when he stellt his muscles anent the wecht o some muckle boolder, it seemed as if naethin wis keepin him on his feet but the sheer will tae haud forrit. At sic times, his lips were seen tae shape the wirds, 'Ah'll jist wirk hairder'; he'd nae vyce left. Aince again Clover and Benjamin wairned him tae luik efter his health, but Boxer took nae tent o them. His twalt birthday wis comin up. He didnae care whit happened sae lang as a guid store o stane wis built up afore he got his pension.

Late yin evenin in the simmer, a suddent sleum went roond the fairm that somethin had happened tae Boxer. He'd gaun oot on his ain tae draw a load o stane doon tae the windmill. And shair eneuch, the sleum wis true. A few meenits efter, twa doos came fleein in wi the news; 'Boxer's taen a faw! He's lyin on his side and he cannae get back up!'

Aboot hauf the animals on the fairm breenged oot tae the knowe whaur the windmill wis. There lay Boxer, atween the stangs o his cairt, his neck strentit oot, no able even tae lift his heid. His een were glazed, his sides were mattit wi sweat. A thin stream o bluid wis trinklin oot his mooth. Clover drapped tae her knees aside him.

'Boxer!' she cried, 'Whit's wrang?'

'It's ma lungs,' said Boxer in a shilpit vyce, 'But dinnae fash. Ye'll be able tae finish the windmill withoot me, ah dout. There's a guid store o stane biggit up noo. Ah'd anely anither month tae gang, onygates. If ah'm bein honest wi ye, ah'd been luikin forrit tae retirin. And mebbes, seein as Benjamin's gettin on in years himsel noo, they'll lat him retire at the same time as me, sae's ah'll hae somebody tae chum aboot wi.'

'We need tae get help richt awa,' said Clover. 'Gang, somebody, and tell Squealer whit's happened.'

Aw the ither animals breenged straicht back tae the fairmhoose tae gie Squealer the news. Anely Clover steyed, and Benjamin, wha lay doon at Boxer's side and, withoot a wird, kept the midges aff him wi his lang tail. Efter aboot a

quarter o an oor Squealer appeared, aw hert-píty and sympathy.
He said that Brither Napoleon had lairnt wi great dule o the
mishanter that had befawn yin o the maist stainch wirkers on
the fairm, and wis awready sortin it oot tae hae Boxer sent tae
the infirmary in Willingdon for luikin-efter. The animals felt a
bit oorie aboot this. Cept for Snawbaw and Mollie, nae ither
animal had ever left the fairm, and they didnae like tae think
o their freend, no weel, bein left in the hauns o the humans.
Houaniver, Squealer wisnae lang in ashairin them that the vet
in Willingdon could treat Boxer's tribbles a sicht better than ony
o them could on the fairm. And aboot hauf an oor efter, aince
Boxer had got his breith back, they heezed him wi some adae
tae his feet, and he managed tae hirple back tae his staw, whaur
Clover and Benjamin had laid oot a guid bed o strae for him.

For the nixt twa days, Boxer bided in his staw. The pigs had
sent oot a muckle bottle o pink medicine that they'd fund in
the medicine cabinet in the cludgie, and Clover gied it tae Boxer
twice a day efter mealtiths. In the evenins she lay in his staw and
talked tae him, while Benjamin kept the midges aff him. Boxer
lat on no tae be ower vext aboot whit had happened. Aince he'd
got back tae betterness, he micht expect tae live anither guid
three years, and he looked forrit tae the caum souch o the days
that he wad spend in the neuk o the muckle pastur. It wad be
the first time that he'd had the easedom tae study and tae better
his mind. He intended, he said, tae gie ower whit wis left o his
life tae lairnin the remainin twinty-twa letters o the alphabet.

Houaniver, Benjamin and Clover could anely be wi Boxer
efter wirkin oors, and it wis nuin or thereaboots when the van
came tae tak him awa. The animals were aw at wirk weedin the
neeps unner the guideship o a pig, when they were dumfoonert
tae see Benjamin come binnerin frae the airtin o the fairm
steidins, blarin at the tap o his vyce. It wis the first time that

they had ever seen Benjamin aw up tae high-doh – in fact, it wis the first time that onybody had ever seen him rinnin. 'Hurry, youse!' he shoutit. 'Get a muive on! They're takkin Boxer awa!' Withoot waitin for an eechie or ochie frae the pigs, the animals drapped their wark and skelped back tae the fairm steidins. Richt eneuch, there in the yaird wis a muckle covered van, drawn by twa horses, wi letters on its side and a sleekit-lookin loon in a low-crooned bunnet sittin on the driver's seat. And Boxer's staw wis tuim.

The animals croodit roond the van. 'Cheerie-bye, Boxer!' they sang, 'Cheerie-bye the noo!'

'Eejits! Eejits!' shouted Benjamin, prancin aroond them and strampin the yird wi his smaw huifs. 'Eejits! Can ye no read whit's scrieved on the side on thon van?'

This pit the animals' gas at a peep, and they aw fell wheesht. Muriel stairtit tae spell oot the wirds. But Benjamin shunted her oot the road and in the mids o a deidly sílence he read:

'"Alfred Simmons, Horse Slauchterer and Glue Biler, Willingdon. Dealer in hides and bane-meal. Kennels providit." Dae ye no ken whit thon means? They're takkin Boxer tae the knacker's yaird!'

A cry o grue burst frae aw the animals. At that moment, the

man on the box gied whip tae his horses and the van muived oot o the yaird at a smairt jundie. Aw the animals follaed, yaulin oot at the tap o their vyces. Clover shuntit her wey tae the front. The van stairtit tae gaither speed. Clover tried tae rowst her stoot limbs intae a gallop, and managed a canter. 'Boxer!' she cried. 'Boxer! Boxer! Boxer!' And jist then, as though he had heard the stushie ootside, Boxer's face, wi the white streak doon his neb, appeared at the wee windae at the back o the van.

'Boxer!' cried Clover in a terrible vyce, 'Boxer! Get oot! Get oot noo! They're takkin ye awa tae kill ye!'

Aw the animals took up the cry o 'Get oot, Boxer, get oot!' But the van wis awready gaitherin speed and pullin awa frae them. They wirnae shair if Boxer had heard whit Clover'd said. But efter a meenit his face disappeared frae the windae and there wis the soond o a tremendous ruffin o huifs inside the van. He wis tryin tae kick his wey oot. The time had been when twa-three kicks frae Boxer's huifs wad hae smashed the van tae matchsticks. But ochone! his maucht had left him; and in a wee the soond o the ruffin huifs grew dwaumie and dwyned awa. In wanhowp, the animals stairtit appealin tae the twa cuddies that were drawin the van tae stap. 'Feres, feres!' they shoutit. 'Ye cannae tak yer ain brither tae his deith!' But the glaikit beasts, ower goamless tae ken whit wis gawin on, jist set back their lugs and picked up their pace. Boxer's face didnae come back tae the windae. Ower late, somebody thocht o skelpin aheid and cawin tae the five-baurred yett; but in anither moment the van wis through it and hurlin awa doon the road. Boxer wis never seen again.

Three days efter, it wis lat licht o that he had dee'd in the infirmary at Willingdon, in spite o aw the tent a horse could be gien. Squealer came tae annoonce the news tae the ithers. He had, he said, been wi Boxer in his final oors.

'It'd hae brocht tears tae a gless ee, ma feres!' said Squealer, liftin his trotter and dichtin awa a tear. 'Ah wis at his bedside tae the verra last. And richt at the end, when he wis awmaist ower shilpit tae speak, he whispered that his anely dule wis tae hae left us afore the windmill wis finisht. 'Forrit, ma feres!' he whispered. 'Forrit in the name o the Rebellion! Lang live Animal Fairm! Lang live Brither Napoleon! Napoleon is ayeweys richt.' Thon were his verra last wirds, ma feres, sae they were.'

Here Squealer's mainer chynged aw o a suddent. He fell wheesht for a meenit, and his wee een dairtit ill-thochtit glences back and forrit afore he went on.

He'd heard it gawin aboot, he said, that a coorse and glaikit clashmaclaiver had stairtit at the time o Boxer's winnin awa. Some o the animals had noticed that the van that took Boxer awa wis mairked 'Horse Slauchterer', and had lowped tae the conclusion that Boxer wis bein sent tae the knacker's yaird. Ye could hairdly credit it, said Squealer, that ony animal could be sae dippit. Shairly, he cried, affrontit, fliskin his tail and happin frae side tae side, shairly they kent their beluved Heidsman, Brither Napoleon, better as that? For the explanation wis gey straicht-forrit. The van had used tae belang tae the knacker, and had been bocht aff him by the vet, wha'd jist no pentit oot the auld name yet. Thon's how the miskennin had come aboot.

The animals were awfie gled tae hear this. And when Squealer went on tae tell them aw aboot the scenes at Boxer's deith-bed, the seein-efter he'd been gien, and the awfie, awfie dear medicines that Napoleon had peyed for withoot a thocht as tae the cost, their last douts disappeared and the wae that they felt for their fere's deith wis soudert by the thocht that he had at least dee'd happy.

Napoleon himsel appeared at the meetin on the Sunday mornin nixt, and gied oot a cutty oration in mindin o Boxer.

They hadnae been able, he said, tae bring back their lamentit fere's bouk for buirial on the fairm, but he had bade for a muckle wreath tae be shapit frae the lauries in the fairmhoose gairden and sent doon tae be pit on Boxer's grave. And in a few days' time, the pigs were ettlin tae haud a memorial feast in Boxer's honour. Napoleon endit his speech wi a mindin o Boxer's twa favourite sawes, 'Ah'll jist wirk hairder' and 'Brither Napoleon is ayeweys richt' – sawes, he said, which ilka animal wad dae weel tae tak as his ain.

On the trystit day o the feast, a grocer's van drove up frae Willingdon and drapped aff a muckle widden crate at the fairmhoose. Thon nicht there wis the soond o rairie singin, which wis follaed by whit sounded like a muckle stramash that endit aboot eleeven o'clock wi the by-ordinar dirdum o pannin gless. Naebody rowstit frae the fairmhoose afore nuin the nixt day, and the clatter went roond that frae somewhaur or ither the pigs had airtit oot the siller tae buy theirsels anither case o whisky.

Chaipter 10

YEARS WENT BY. The seasons came and went, and the short lifes
o the animals went wheechin by. A time came when there wis
naebody that minded the auld days afore the Rebellion, cept
for Clover, Benjamin, Moses the corbie and a hantle o the pigs.

Muriel wis deid; Bluebell, Jessie and Pincher were deid.
Jones, as weel, wis deid – he'd dee'd in a hame for drouths in
anither pairt o the kintrae. Snawbaw wis forgotten. Boxer wis
forgotten, cept by the twa-three wha'd kent him. Clover wis a
stoot auld yaud noo, stechie in the jynts and like as no tae hae
rheum in her een. She wis twa years past the retirin age, but in
fact nae animal had ever actually retired. Aw the crack aboot
settin aside a neuk o pastur for eildit animals had lang syne been
drapped. Napoleon wis noo a muckle boar o twenty-fower stane.

Squealer wis that bowsie he could anely jist see oot o his crunkelt een. Anely auld Benjamin wis much as he'd ever been, cept for bein a wee bit grayer aroond the muzzle and, syne the deith o Boxer, mair derf and dour than ever.

There were mony mair craiturs on the fairm noo, though the increase wisnae sae muckle as had been howped for in years gane by. Mony animals had been born tae wha the Rebellion wis nae mair as a dern tradítion, passed on by wird o mooth, and ithers had been coft that had never heard mention o sic a thing afore their arrival. The fairm had three horses noo, forby Clover. They were braw and buirdly beasts, willin wirkers, and guid feres, but awfie dippit. Nane o them had been able tae lairn the alphabet ayont the letter B. They accepted awthin they were telt aboot the Rebellion and the principles o Animalism, especially frae Clover, wha they respectit awmaist as if she were their ain mither; but whether they unnerstuid awfie muckle o it wis a different maitter awthegither.

The fairm wis mair weel-aff noo, and better organised: it had even growen tae include twa fields that had been bocht aff Mr Pilkington. The windmill had came aff awricht at lang and last, and the fairm had a threshin machine and a hay elevator aw o its ain, forby the sindry new steidins that had been eikit on tae it. Wheemer had bocht himsel a dug-cairt. The windmill, at the end o it aw, hadnae been used tae produce electrical pouer. It wis used for millin corn, and brocht in a guid wee pickle o siller. The animals were haird at wark biggin anither windmill; when that yin wis fínisht, it wis said, the dynamos wad be pit in. But the whigmaleeries Snawbaw had aince taucht the animals tae dream o, the staws wi electric lichts and hot and cauld watter, and the three-day week, were talked aboot nae mair. Napoleon had descryed sic norries as conter tae the spírit o Animalism. O aw happinesses the maist upricht, he said, lay in wirkin haird and lívin tae yer means.

Somehow it seemed as if the fairm had become weel-tae-pass withoot the animals themsels haein onythin muckle tae show for it – cept, o coorse, for the pigs and the dugs. Mebbes thon wis cause there were that mony pigs and that mony dugs. It wisnae that these craiturs didnae wirk, in their ain wey. There wis, as Squealer wis never tired o explainin, constant darg involved in the guideship and organisation o the fairm. The feck o this wark wis o the kind that the animals were ower dowf tae unnerstaun. Likesay, Squealer telt them that the pigs had tae spend oors and oors ilka day on these unco things cawed 'files', 'reports', 'meenits' and 'memoranda'. These were muckle sheets o paper that had tae be covered tap tae bottom wi scrievin, and as suin as they were covered aw ower, burnt in the furnace. This wis absolutely necessar tae the thrivin o the fairm, Squealer said. But for aw that, naither pigs nor dugs produced ony scran aff their ain backs; and there were a fair nummer o them, and their appetites were aye guid.

As for the ithers, their lifes, as faur as they kent, were whit they had ayeweys been. They were hungert aye, they slept on strae, they drank frae the dub, they darged in the fields; in winter they were fashed wi the cauld, and in simmer by the midges. Sometimes the aulder yins amang them raked their mirkie mindins and ettled tae wirk oot whether in the early days o the Rebellion, when Jones's flemin wis newins yet, things had been better or waur than they were noo. They couldnae mind. They had naethin tae set aside their lifes the noo: they had naethin tae gang on at aw cept Squealer's lists o fígurs, which aye makkit it luik as if awthin wis gettin better and better. Tae the animals, the problem wis ayont aw reddin up; and forby, they'd nae time for wunnerin aboot sic things noo. Anely auld Benjamin lat on tae mind ilka detail o his lang life and tae ken that things had never been, nor could ever be, muckle better or muckle waur – hunger, hairdship and hert-scaud bein, he said, the aye-bidin law o life.

And yet the animals never gied up howp. Mairower, they never lost, even for an instant, their sense o honour and privilege in bein memmers o Animal Fairm. They were still the anely fairm in the hale coonty – in the hale o England! – owned and ran by animals. No yin o them, no even the youngest, no even the ootrels that had been brocht frae fairms ten or twinty miles awa, ever ceased tae mervel at thon. And when they heard the gun knellin and saw the green flag flauchterin at the mastheid, their herts bowdent wi undevaulin pride, and the talk turned aye taewards the auld, gallus days, the flemin o Jones, the scrievin o the Seeven Commandments, the muckle fechts in which the human invaders had been hamewards sent. Nane o the auld dreams had been gied ower. The Republic o the Animals that Major had weirdit, when the green fields o England wad be treadit nae mair by human feet, wis still uphaudit. Some day it wis comin: it micht no be suin, it micht no be within the lifetime o ony animal noo livin, but it wis comin yet. Even the tune o 'Beasts o England' wis mebbes souched in secret here and there: at ony rate, it wis a fact that ilka animal on the fairm kent it, though naebody wad hae dared tae sing it oot lood. It micht be that their lifes were haird and that no aw o their howps had came tae ocht; but they kent weel that they were no alike tae ither animals. If they were hungert, it wisnae frae feedin haithenous humans; if they wirked haird, they wirked at least for theirsels. Nae craitur amang them went on twa shanks. Nae craitur cawed ony ither craitur 'Maister'. Aw animals were equal.

Yin day in early simmer, Squealer telt the sheep tae come wi him, and led them oot tae a bit o waste grund at the faur end o the fairm, that had been owergaed wi birk spires. The sheep spent the hale day there nibblin at the leafs unner Squealer's guideship. In the evenin, he came back tae the fairmhoose on his ain but, seein as it wis guid wather, telt the sheep tae bide whaur they were. It ended up wi them steyin there for a hale week, and in thon week the ither animals saw neither hilt nor hair o them. Squealer wis wi them for the maist pairt o ilka day. He said he wis lairnin them tae sing a new sang, and they needit some time on their ain tae get the job duin.

It wis jist efter the sheep had came back, on a bonnie evenin when the animals had finisht wark and were makkin their wey back tae the fairm steidins, that the fleggit nicherin o a horse soondit frae the yaird. Startelt, the animals stapped whaur they were. It wis Clover's vyce. She nichert again, and aw the animals broke intae a gallop and breenged intae the yaird. Then they saw whit Clover had seen.

It wis a pig walkin on his hind legs.

It wis Squealer, sae it wis. A wee bit gawkit, aye, as though no in the habit yet o cairryin his muckle bouk thon wey, but wi perfect balance, he wis daunderin across the yaird. And a meenit later, oot frae the door came a lang line o pigs, aw walkin on their hind legs. Some were better at it than ithers, yin or twa were a bit shoogly and luikt like they could hae duin wi usin a walkin staff, but ilka yin o them makkit his wey richt aroond the yaird withoot cowpin. Last o aw, there wis an undeemous yowlin o dugs and a snell craw frae the black chanticleer, and oot came Napoleon himsel, vogie and upricht, castin sneistie glences frae side tae side, and wi his dugs whidderin aw aroond him.

In his trotter he cairrit a whip.

There wis an awfie wheesht. Dumfoondert, fleggit, croudelt thegither, the animals watched the lang line o pigs mairch tentily roond the yaird. It wis as though the hale warld had

turnt heelster-gowdie. Then there came a moment when the first shock had worn aff and when, in spite o it aw – in spite o their dreid o the dugs, and o the habit, fordert ower the lang years, o never mumpin, never peengin, nae maitter whit wis happenin – they micht yet hae murmelt some wird o protest. But jist at that moment, as if at a signal, aw the sheep burst oot intae a deifenin bleatin o –

'Fower shanks guid, twa shanks *better*! Fower shanks guid, twa shanks *better*! Fower shanks guid, twa shanks *better*!'

It went on for five meenits straicht. And by the time the sheep had went wheesht again, the chance tae gie oot ony kind o protest wis awready duin wi, for the pigs had mairched back intae the fairmhoose.

Benjamin felt a neb snoozlin at his shooder. He turnt roond. It wis Clover. Her auld een luikt dimmer than ever. Withoot sayin onythin, she tugged doucely at his mane and led him roond tae the end o the muckle barn, whaur the Seeven Commandments were scrieved. For a meenit or twa they stuid gazin at the taured waw wi its white letters.

'My sicht's no whit it wis,' she said, at last. 'Even when ah wis young, ah couldnae hae read whit wis scrieved here. But it seems tae me as if the waw luiks different. Are the Seeven Commandments the same as they aye were, Benjamin?'

For aince, Benjamin agreed tae brek his rule, and he read oot tae her whit wis scrieved on the waw. There wis nocht there noo but the ane Commandment. It said:

AW ANIMALS ARE EQUAL

BUT SOME ANIMALS ARE MAIR EQUAL

THAN ITHERS

Efter thon, it didnae seem that unco when, the nixt day, the pigs that were supervisin the wark o the fairm aw cairrit whips in their trotters. It didnae seem that unco tae lairn that the pigs had got themsels a wireless radio, and were settin up tae get a phone pit in, and had taen oot subscriptions tae *John Bull*, *Tit-Bits* and the *Daily Mirror*. It didnae seem unco when Napoleon wis seen daunderin aboot the fairmhoose gairden wi a pipe in his mooth – nah, no even when the pigs took Mr Jones's claes oot o the wardrobes and pit them on, Napoleon himsel busked oot in a black jaiket, huntin breeks and leather leggins, while his favourite sow turnt oot in the patterned silk dress that Mrs Jones had used tae weir o a Sunday.

A week later, in the efternuin, a hantle o dug-cairts drove up tae the fairm. A representative group o neebourin fairmers had been invítit tae mak a tour o owerluikin. They were wysed aw roond the fairm, and they aw lat on tae be richt taen up wi awthin they saw, maist o aw the windmill. The animals were weedin the neep field. They wirked eydently, hairdly liftin their een frae aff the grund, and no kennin whether tae be mair feart o the pigs or o their human vísitors.

Thon evenin, lood lauchter and orrals o sang came frae the fairmhoose. And suddenly, at the soond o the mixter-maxtur o vyces, the animals were stricken wi nebbitness. Whit could be gawin on in there, noo that for the first time animals and human beins were meetin on evenly terms? As yin, they stairtit tae scunge as wheesht as they could intae the fairmhoose gairden.

At the yett they swithered, hauf-feart tae gang on, but Clover led the wey in. They tippy-taed up tae the hoose, and sic animals as were muckle eneuch deeked in at the denner-room windae. There, roond the lang table, sat hauf-a-dizzen fairmers and hauf-a-dizzen o the mair kenspeckle pigs, Napoleon himsel in the seat o honour at the heid o the table. The pigs luikt as cannie as ye like, sittin in their chairs. The gaitherin had been enjoyin a gemme o cairds, but had breuken aff for a meenit, belike tae tak a toast. A muckle jug wis bein passed roond, and the mugs were bein tapped up wi beer. Naebody noticed the wunnerin faces o the animals that gowped in at the windae.

Mr Pilkington, o Todwidd, had stuid up, his mug in his haun. In a wee, he said, he wad speir the gaitherin tae tak a toast. But afore thon, there were a few wirds that he thocht it necessar tae say.

It wis a blythe and joco thing tae him, he said – and, he

wis shair, tae awbody else there– tae think that a lang spiel
o mistrust and misunnerstaunins had noo came tae an end.
There'd been a time – no that he himsel, or ony o the present
gaitherin, had ever thocht sae muckle themsels – but there had
been a time when the mensfu proprietors o Animal Fairm had
been regairded, weel, he widnae exactly say wi hostílity, but
mebbes wi a certain meisur o dout by their human neebours.
Mischancy events had takken place, mistaen ideas had takken
haud. There'd been a norrie gawin aboot that the endurin o a
fairm owned and rin by pigs wis someweys no richt and wis
liable tae hae an oorie eftercast on the neebourhood. Ower
mony fairmers had jaloused, withoot luikin intae the thing,
that sic a fairm wad be naethin mair than a bourach and an
aw-oot stramash. They'd been fashed aboot the possible effects
on their ain animals, or even upon their human wirkers. But aw
sic douts were noo oot the windae. The day, he and his freends
had came tae Animal Fairm and luikt ower ilka inch o it wi their
ain een, and whit had they fund? No anely the maist spang-new
pratticks, but a level o discipline and rander that should be an
exemple tae aw fairmers aawhaur. He wheened that he wis richt
in sayin that the laich animals on Animal Fairm did mair wirk
for less scran than ony ither animals in the coonty. Fact, he and
the ither vísitors the day had picked oot mony ideas that they
intended tae estaiblish on their ain fairms straicht awa.

He'd fínish his remairks, he said, by affirmin aince again the
freendly feelins that endured, and should aye endure, atween
Animal Fairm and its neebours. Atween pigs and human beins
there wisnae, and there need never be, ony conflict o interests
whitsomever. Their strauchles and their warstles were o a piece.
Wis no the labour problem the same aawhaur? Here ye could
tell that Mr Pilkington wis wirkin himsel up tae some tentily
craftit wee punchline or anither, but for a meenit he wis ower

pleased wi himsel tae be able tae get it oot. Efter a guid load o kinkin and chowkin, durin which his sindry chins turnt purple, he finally managed tae spleuter oot: 'If youse hae yer laich animals tae deal wi,' he said, 'we hae oor laich clesses!' This *bon mot* set the table tae rairin; and Mr Pilkington aince again congratulatit the pigs on the scrimpit rations, the lang wirkin oors and the aw-roond want o browdenin that he had seen on Animal Fairm.

And noo, he said at last, he wad speir the gaitherin tae rise tae their feet and mak siccar their glesses were full. 'Ma freends,' fínisht Mr Pilkington, 'ma freends, ah gie ye a toast: Tae the sonse and speed o Animal Fairm!'

There wis hertie cheers and stampin o feet. Napoleon wis that made up wi it that he left his place and came roond the table tae chink mugs wi Mr Pilkington afore doonin the hale thing. Aince the cheers had dwyned awa, Napoleon, wha had bided on his feet, lat licht that he had a few wirds tae say as weel.

Like aw o Napoleon's speeches, it wis cutty and straicht tae the pynt. He, as weel, he said, wis gled that the spiel o misunnerstaunins wis at its end. For a lang while there had been clashmaclaivers – pit aboot, he wis shair, by some ill-naiturt enemy – that there wis somethin tap-thrawn, even revolutionary, in the ootluik o himsel and his marraes. It had been said that their ettle wis tae rousle rebellion amang the animals on neebourin fairms. Naethin could be faurer frae the truth! Their anely wish, noo and in the past, wis tae bide in peace and in guid staunin wi their neebours. The fairm that he had the honour tae see ower, he added, wis a co-operative haundlin. The title-deeds that were in his hauns belanged tae aw the pigs as yin.

He didnae think, he said, that ony o thon auld ill-feelins aye endured, but certain chynges had been makkit o late tae the fairm's routines which he howped wad gie warranty o his guid faith. Afore noo, the animals on the fairm had had a kind o dippit wee custom o cawin each ither 'Ma fere'. Thon wad be pit an end tae. Forby, there'd been a gey antrin custom – wha kens how it stairtit? – o mairchin ilka Sunday mornin past a boar's harn-pan that had been nailed tae a pale in the gairden. This, as weel, wad be stapped, and the harn-pan had awready been buirit. Forby, his vísitors micht hae takken tent o a green flag that flew frae the mastheid. If they'd taen a swatch, they'd hae seen that the white horn and huif that had used tae be pentit on it had noo been taen aff. Frae noo on, it wad jist be a plain green flag.

He had anely wan wee thing tae pick up on, he said, aboot Mr Pilkington's braw and neebourly speech. Mr Pilkington had referred throughoot tae 'Animal Fairm'. He wisnae tae ken, o coorse – for it wis anely noo that he, Napoleon, wis for the first time annooncin it – that the name 'Animal Fairm' had been duin awa wi. Frae noo on, the fairm wis tae be kent as 'The Manor Fairm' – which, he believed, wis its oríginal and acceptit name.

'Ma freends,' fínisht Napoleon, 'Ah'll gie ye the same toast as afore, but in a different form. Mak brimfu yer glesses. Ma freends, here is ma toast: Tae the sonse and speed o The Manor Fairm!'

There wis the same hertie cheers as afore, and the mugs were drank tae the dregs. But as the animals ootside goved at the scene, it seemed tae them that some unco thing wis happenin. Whit wis it that had chynged in their faces? Clover's auld dim een flittit frae yin face tae the ither. Some o them had five chins, some had fower, some had three. But whit wis it that seemed tae be shiftin and mizzlin? Then, the ramplin haein came tae an end, the gaitherin picked up their cairds and cairrit on wi the gemme that had been cut aff, and the animals creepit awa, aw wheesht.

But they'd no went twinty yairds afore they were stapped deid. A hirdie-girdie o vyces wis comin frae the fairmhoose. They breenged back and luikt through the windae again. Aye, a richt collieshangie wis unner wey. There wis yollerin, bangin on the table, shairp, ill-thochtit glences, fuirious deníals. The soorce o the hullabaloo seemed tae be that Napoleon and Mr Pilkington had baith played an ace o spades at the same time.

Twal vyces were bawlin wi anger, and they were aw sic and sae. Nae question, noo, whit had happened tae the faces o the pigs. The craiturs ootside luikt frae pig tae man, and frae man tae pig, and frae pig tae man again; but awready it wis past aw kennin whit wan wis whit.

Luath Press Limited

committed to publishing well written books worth reading

LUATH PRESS takes its name from Robert Burns, whose little collie Luath (*Gael.*, swift or nimble) tripped up Jean Armour at a wedding and gave him the chance to speak to the woman who was to be his wife and the abiding love of his life. Burns called one of the 'Twa Dogs' Luath after Cuchullin's hunting dog in Ossian's *Fingal*. Luath Press was established in 1981 in the heart of Burns country, and is now based a few steps up the road from Burns' first lodgings on Edinburgh's Royal Mile. Luath offers you distinctive writing with a hint of unexpected pleasures.

Most bookshops in the UK, the US, Canada, Australia, New Zealand and parts of Europe, either carry our books in stock or can order them for you. To order direct from us, please send a £sterling cheque, postal order, international money order or your credit card details (number, address of cardholder and expiry date) to us at the address below. Please add post and packing as follows: UK – £1.00 per delivery address; overseas surface mail – £2.50 per delivery address; overseas airmail – £3.50 for the first book to each delivery address, plus £1.00 for each additional book by airmail to the same address. If your order is a gift, we will happily enclose your card or message at no extra charge.

Luath Press Limited
543/2 Castlehill
The Royal Mile
Edinburgh EH1 2ND
Scotland
Telephone: 0131 225 4326 (24 hours)
Fax: 0131 225 4324
email: sales@luath.co.uk
Website: www.luath.co.uk